見えないままの、恋。

伴田音

双葉文庫

見えないままの、恋。

1　声は温かくて、穏やかだった。

　あなたの目は、ほかの人が見逃してしまうものが見えるのね。幼少期、母は私の目の良さをそう表現した。電車に乗り込んできた親子を見て、私はふとその言葉を思い出した。真結(まゆ)、あなたは人よりもよく、ものが見える。

　母親は濡れた上着の肩を払いながら、もう、とため息をつく。

「傘、持ってくるの忘れちゃったね」

　真新しい交通安全のキーホルダーをリュックにつけた子供のほうも、母と同じように服についた水滴を払いながら、つぶやく。

「まったくもう、さいあく」

　しぐさも言葉づかいも、母親の影響を受けているのがわかって、可愛らしかった。交通安全のキーホルダーは、少年の通っている小学校で配られたものなのかもしれない。今年一年生になったばかり、と勝手に想像してみる。

そっと背中を向くと、窓に水滴がついていた。それほど強い雨ではなさそうだが、これからもっと降り出すのだろうか。

電車が動き出してすぐ、親子に気づいた女性が座っていた席から一つ隣にずれて、二人分のスペースをつくる。母親がそっとお辞儀をして、息子の手を取り一緒に座った。

息子とつないでいた手を見る限り、母親のほうは私よりも五つか六つくらい上の年齢だと思う。たとえば今年中に私が誰かと結婚して、すぐさま子宝に恵まれれば、あの母親と同じ速さで人生を歩むことになるのかもしれない。現状はまったく想像がつかなかった。

電車が速度をあげると、窓につく雨粒の形も徐々に変わっていく。文章の途中に打つ読点に、似ていた。停車していたときについた句点のような形の雨粒もまだ残っていて、一面に不規則な模様を描いていく。一生見ていられそうだった。カバンのなかのミニスケッチブックに描き起こそうかとも思ったが、次の停車駅は人の乗り降りが多いのでやめた。

ぞくぞくと人が乗り込んできて、空いていた私の隣の席もすぐに埋まった。シンプルな身なりをした三〇代くらいの男性。座ってすぐにスマートフォンをいじりはじめる。誰かにメッセージを打っているようだ。もう一秒時間があれば内容まで読み取れそうだったけど、察知される前に視線を逃がす。

鉄道会社の制服を着た男性も乗り込んでくる。席には座らず、ドア付近に邪魔にならないよう、置き物みたいにじっとしはじめる。肩幅が広く、細い目つきをした男性。

最後にお爺さんが乗ってきて、優先席に座っていた青年が、友人らしきもう一人の青年に促されて急いで立つ。お爺さんは小さくお辞儀をして座る。

「ごめんね。二駅先ですぐなんだけどね」

「あ、いえ」

青年たちも同じ角度でお辞儀を返して、二人は優先席付近から離れていく。小さな優しさが広がる光景をもう少し目にいれておきたかったけど、別の男性が発車直前に乗り込んできて、その人の体で見えなくなってしまった。男性のかけているヘッドフォンからかすかに音漏れしていて、隣に立っていたスーツ姿の女性が、彼から横に一歩離れる。女性は通勤用らしきカバンからワイヤレスイヤホンを出して、そのまま耳につけた。吊革をにぎりながら、次に文庫本を取り出して、片手で読み始める。イヤホンは音楽を聴くためではなく、防音のためにつけたものらしい。手の甲の親指の付け根にほくろがあって、それも印象的だった。

文庫本のタイトルと表紙、それに著者名が目に入る。油絵のような趣のイラストで、青い正方形の箱と、その箱に座るスーツとハットをかぶったシルエットの男性が描かれている。男性からはみえない位置、箱の反対側に女性のシルエットも描かれていた。タイトルは『夕暮れをすぎて』で、著者名は『S・キング(Stephen King)』とある。スティーヴン・キングか、と頭のなかで合致する。大学生までは読んでいたけど、最近は本自体をあまり読まなくなった。代わりに増えているのは映画を観る時間かもしれない。

あなたは人よりもよく、ものが見える。逆にいえば、余計な情報さえつい拾ってしまう。良いか悪いか、意識的か無意識的かにかかわらず、すべての情報が平等に飛び込んでくる。母はあのとき、別に褒め言葉のつもりで言っていたのではなかったのかもしれない。

雨がまた少し強くなる。親子に視線を戻すと、息子のほうはゲーム機で遊びはじめていた。車窓から住宅街が消えて、土色の斜面があらわれる。切り開いた山の間を走っているらしい。車輪の音が響き始めて、トンネルが近づくあの独特の雰囲気を感じてすぐ、車窓が黒く染まった。車内に蛍光灯の明かりがついていたことを、そこで初めて知る。私の左隣に並んで座っている男女が、トンネルに入ると同時に、息継ぎをするみたいに盛り上がっていた雑談をやめる。数秒空いて、また男性が会話を再開させる。

「それでね、ティラノサウルスっていうのはね——」

こっそり拾おうとしていた声がそこで途切れた。そのとき、向かいの席では居眠りする母親の横で息子がゲーム機に熱中していた。何かに敗北したのか、悔しそうに顔をゆがめていく。

それが私の目にした、日常が吹き飛ぶ前の最後の光景だった。

まず、車内中に甲高い機械音が響き渡った。進行方向に引っ張られる体を立て直しながら、ブレーキの音だと理解して、次の瞬間には全身が浮いていた。

吹き飛ぶ。そう、吹き飛ぶ。まさにその表現が正しい。

座っていた座席が吹き飛んだ。前にいた親子が吹き飛んだ。ヘッドフォンの音楽に身をゆだねていた男性が吹き飛んだ。お年寄りに席をゆずった青年の靴が見えた。誰かのカバンが顔面に直撃した。吊革がなぜか足元に見えた。足が地面につかない間に、すべてが暗闇に包まれる。何かとてつもなく大きな手が、私たちの日々をまとめて払いのけるような、そういうイメージが浮かんだ。

重力の位置が分からなくなった。終わったと思ったらまだ終わってなくて、体中があちこちにぶつかる。何かにつかまりたいけど、すべてが手からすり抜けていく。たえまない衝撃と、壊れていく音。聞こえていたはずなのに、気づけばいまは聞こえない。ぽー、とエラーを起こしたみたいに一定の音が耳で鳴り続けている。

一度意識が途切れたのか、そこで記憶を落とした。気づけばどこかに寝そべっていて、スケッチブックや鉛筆、メモ帳にスマートフォンを入れたカバンがなくなっていた。探そうにも何も見えないし、そもそも体が動くのかどうかもわからない。

「うううううぅぅ！」

近くで声がした。女性か男性か、どちらのうめき声かは分からない。右のほうで聞こえたかもしれないし、左かもしれない。それとも上か、あるいは下か。

顔を動かすことができて、少なくとも体と顔をつなぐ首の筋肉は動き、なおかつ意識はあるのだと安心する。でもすぐに途切れるかもしれない。首から下はぐしゃぐしゃになっていて、だから一つも動かせないのかもしれない。

左手は。左手はどうだ。脳の次に、私が一番動いてほしい場所。一番失いたくないもの。もしも左手がつぶれていたら、二度と筆を握れなくなる。右手が無事だとしても、タッチは変わる。同じ絵は二度と描けなくなる。

小指から動かして、ゆっくり拳をつくる。開いて、閉じてを繰り返し、指が正常に動くことを確かめる。左手も右手も大丈夫だった。そこでなぜか急に冷静になって、事態を理解した。脱線。トンネルのなかの脱線。私は脱線した車両のなかに閉じ込められている。

しだいに恐怖が支配して、思わず泣きそうになった。叫ぶ前に、ほかの誰かが悲鳴をあげだした。女性だと思う。

「で、電話！　誰か電話！　こ、ここここれこれ脱線してる！　と思います！　誰か助けを呼んで！　携帯なくしちゃってて！」

応答するものはいない。あちこちでうめき声がする。近くで聞こえるものと、そうでないもの。何も見えない。自分はいま車両のどこにいるのか。叫んだ女性はどこから助けを求めているのか。

思いついて、持ち上げていた左手の力を抜く。震えて失敗し、二回目で、手のひらが床に落ちることがわかった。自分はうつぶせで倒れているのだ。

口のなかに何かごろごろとした物体があるのに気づいて、つばと一緒に吐く。たえまなく口内から液体が流れる感覚があり、血の味がする。吐きだしたのは、砕けたか抜けたかした歯だったのかもしれない。

どうする。次はどうする。まず何をする。あなたはほかの人が見逃してしまうものが見える。見えない！　何も見えない！　見えないのでは意味がない。

圧倒的な暗闇だった。なぜここまで暗いのか。トンネルのなかの明かりはどうしてしまったのか。

「痛いいい！　痛いよオオオオ！」

子供の泣き声が響いた。ゲーム機で遊んでいたあの少年かもしれない。母親は近くにいるのだろうか。子供はしばらく泣いていたが、糸が切れたように急に聞こえなくなった。気絶してしまったのか、もしくは――。

あの少年の遺体を想像して、全身が震え始める。寒さが急に襲いかかる。唇も震えて、歯がカチカチと鳴りだす。自分の意思では止められない。

とりあえず起き上がろう。起き上がりたい。体を起こすために腕を動かす。すると右手首のあたりに何かがぶつかった。指で触れると、何か小さなものだった。つまめるサイズの小さなもの。さっき吐き出した歯を思い出す。なんとなく、そこに残してはおけないと思い、パンツのポケットにしまった。そのときになって、別のポケットにしまっていた財布は吹き飛ばずに無事だったことを知った。財布ではなくスマートフォンをしまっておくべきだった。

　立ちあがる途中で頭をぶつける。がん、と静まる車内で金属音が響く。天井を触れると、ななめになっていて、一定の高さではないことがわかった。

　体はどこも正常に動く。信じられない。もちろん節々に痛みはあるが、動かせないほどではない。もしくは神経が高ぶって、それほど痛みを感じていないのかもしれない。いつ動かせなくなるかもわからない。

　中腰のまま進もうとしてすぐ、何かが膝にぶつかった。柔らかい素材。座席だろうか。足元でぱき、と割れる音。ガラス。一つひとつをイメージし、頭のなかに描写していく。この車両のなかはどうなっている？　寒い。六月とは思えない寒さ。

　口のなかが血でいっぱいになって、つばと一緒にまた吐きだした。袖で拭ったあと、買ったばかりのカーディガンだったと思い出す。しかも色は白だ。もう着れない。そもそも私が服を着替える機会などもうないのかもしれない。助けはまだこない。

手を伸ばして進むが、すぐに壁か何かにあたり、外に出られるスペースが見つからない。トンネルはおろか、車内からも出られない。

数分前に悲鳴をあげていた女性の声はもう聞こえない。私も叫んでしまいたかった。おさえているものを、ぜんぶぶちまけるように。そうすれば少しは楽になるかもしれない。たいていの場合、涙と悲鳴は自分を癒すためのものだ。いますぐ泣いて叫びたい。お願い。お願い、誰か――。

「誰かいますか?」

重なった。口に出していない私の言葉と、そのひとの声が、ふいに重なった。男のひとの声で、近くにいるのがわかった。

「誰か近くにいますか?」

男性がもう一度、つぶやく。声が聞こえたほうに、一歩進む。天井がまた低くなって、中腰から膝をつく体勢になった。

「あの、そこにいますか?」今度は私がつぶやく。暗闇の先で身じろぎするような音がして、すぐそこに声の主がいた。

「よかった。無事ですか？」

男性が安心するように言ってくる。何がよくて、どうして私の無事を確認してくるのかもわからなかったが、自分以外に意識がある誰かがそばにいてくれるのは、確かに心の底から安心できた。声は温かくて、穏やかだった。見た目も顔も表情も、何一つ分からない相手だけど、その声だけが私の震えを少しだけ和らげてくれた。

「こっちは無事です。そちらは大丈夫ですか？」

「ええ、大丈夫です。いまのところは」

男性は近くにいる。確かに気配があって、足を動かしたり手を動かしたりしている。私と同じように意識があり、体も動かせる。いまのところは、まだ。

会話を続けようと口を開きかけたとき、少年の泣き声がまた聞こえてきた。よかった。生きている。気絶していただけだ。

目は変わらず暗闇に慣れない。というより、慣れるための光量すらもない。でも人の気配が確かにある。ここは完全な暗闇だけど、しかし完全に独りというわけではない。

手を伸ばすと、柔らかい素材の感触があった。席の一部だろう。そこにもたれかかるようにして座る。男性も近くに座ったようだった。

「救助はまだ、来ませんね」男性が言った。

「そうですね。車内に閉じ込められてる気がします」

「そちらのほうに、出られるところはありましたか？」

「見つかりませんでした」

　こちらもです、と男性が返事をする。

「スマートフォンは？」今度は私が訊いた。

「手に持っていたのですが、どこかに吹き飛びました。見つかりません」

「私もです。カバンごとどこかにいってしまいました」

　絶望的な状況を共有しあう数秒の間があって、それから男性が尋ねてきた。

「あなたのお名前は？」

　名前。私の名前。人と話して安心したのか、頭がぼーっとしてきた。眠気が襲ってきている。だめだ。ここで気を抜いてはいけない。

「す、鈴鹿(すずか)です。鈴鹿真結です」

「スズカマユさん。鈴鹿サーキットの鈴鹿」

「たぶんそれです」

名前の漢字も教えたほうがいいだろうか。いや、いまはどうでもいい。私は鈴鹿サーキットと同じ漢字の苗字を持つ鈴鹿さんだと分かれば、それでいい。

「僕は渡良瀬です。名前は景といいます」

「渡良瀬川の渡良瀬」

「ええ、そうです」

答えながら、渡良瀬さんが少し笑った気がした。勘違いかもしれない。足や手を動かす音だったかもしれない。

渡良瀬さんの声に動揺は見られない。彼の声は低く、それでいて聞き取りづらくなく、きちんと耳の奥まで届く。乱れることなく一定で、一音いちおんを確かに紡いでいく。呼吸の音さえ整っているように感じる。顔も背恰好も知らないのに、どこかのバーで一人、ウイスキーを飲んでいるような姿を想像してしまう。それもたぶん、席はなるべく端のほう。

「鈴鹿さんはどこへ向かう途中だったんですか?」低く整った声が尋ねてくる。

この電車に乗って向かおうとしていたところ。おかしなことに、すぐに思い出せなかった。思考がまとまらなくなってきている。私の乗っている電車は脱線してしまった。トンネルのなかで閉じ込められてしまった。もしそうならなければ、私はどこで降りるはずだったのか。頭がまた、ぼーっとしてきた。

「すみません、急にごめんなさい」

渡良瀬さんが応える。それで我に返った。

「動揺してて、話すどころじゃないですよね」

「い、いえ。こうして話してるのは、楽です」

暗闇の奥で、安心するように渡良瀬さんが息をついた。

「鈴鹿さん、よければこのまま話しませんか？　互いに励まし合えれば」

「は、励ます、ですか？」

「そうです。正直、僕はいま心細いし、怖くて仕方がない。もし鈴鹿さんがよければここで一緒に……」

「でも私、人と話すのはあまり上手ではないかも」

こんなときに何を言っているのだ、私は。

渡良瀬さんは呆(あき)れることなく、丁寧に返してくる。

「特別なことをするわけじゃなくて、ただ話相手になってくれると嬉しいんです。救助がくるまでの他愛のない雑談です」

会話を交わし、互いに励まし合う。話し相手になる。

もしかしたら得策ではないのかもしれない。喉の渇きを抑えるためには、言葉を発さないほうがいいのかもしれない。けれど渡良瀬さんは言っていた。怖くて仕方がない、と。それはここにいる全員の心を代弁している言葉だった。

体力が疲弊しない程度の会話なら。それでいま抱いているこの恐怖が、少しでも和らいでくれるなら。

「わかりました。励まし合いましょう」


雑談は脳が疲弊しない程度の簡単なものだった。どちらかの質問に、どちらかが答える。基本的にはその繰り返しで、かつ互いの存在がそこにいるとわかる、適度な量のやり取りだった。

「渡良瀬さんはどこへ行こうとしていたんですか？」

「利用者さんのところへ訪問介護に。介護福祉士をしているんです」

「そうでしたか。立派なお仕事ですね」

一秒ほどの間。そして暗闇から質問。

「鈴鹿さんのご職業は？」

「……ライターをしています。編集プロダクションで。会社員ではなく、業務委託ですが。それと、一応、兼業で画家をしています」

「画家ですか。それはすごい」

「いえ、ぜんぜんすごくないです」

「いつかはそちらを本業に、ということですか？」

「そうです。いまはまだ全然ですが」

人が見逃すものが見える。細かいところまでよく見ている。幼少期、いろいろな言葉でいろいろな大人が私の性質をあらわしてくれた。言い方や表現は違っても、ようは何か物を目にしたとき、そこから吸収できるディテールの量が、ひとよりも多いということだ。物を見るときの解像度が、ひとより少し高い。それが唯一の特技だと思ったし、逆にそれ以外は何もできないという負い目があったから、だから私は絵を描こうと思った。

「絵を描くっていうのは、キャンバスを出したり、こう、キャンバスを立てる器具を使ったり、そういうことをするんですか」

「そうです。油絵なので。ちなみに渡良瀬さんがおっしゃる器具というのは、おそらくイーゼルのことです」

「そう、それ。イーゼル」

雑談。こんな暗闇のなかで雑談。見えないまま、ただ聞こえてくる声に応答している。ひとりじゃないということを、確かめ続けている。

「どんな絵を描かれるんですか？」

「いまは主に肖像画を」

「肖像画？　昔の貴族を描くような？」

渡良瀬さんの言葉に、小さく笑う。今日、初めて笑ったかもしれない。車内ではいまもかすかに、誰かのすすり泣く声が聞こえる。それなのに、私は笑っている。感覚が麻痺してきているのだろうか。

「確かに肖像画ときくと、そういう何世紀も前の絵というイメージがあるかもしれません。けれどいまでも、意外と多いんです。美大の卒業制作で、同級生と共同個展を開いたとき、たまたま立ち寄って目にしてくださった企業の社長さんがいて、私に依頼をしてくれたんです。実際に描いた絵も気にいってくださって、それがきっかけでした」

「なるほど、社長ですか。経営者の方が多いということですね」

「それ以降は人からの紹介で細々とやっています。自分の祖母を描いてほしい、なんていう依頼もありました。まだ食べていけるレベルではありませんが」

　少し私が話し過ぎているように思い、そこで説明を止めた。

　雑談を広げるための種を探す。何か芽が出そうな話題はあるか。

「渡良瀬さんは、趣味とかは？」

　何かに似ているなと思って、学生時代に友人に付き合わされた合コンを思い出した。数合わせに誘われて、まともに話もできなくて、二度と行かないと決めた合コン。でもあれよりはずっとマシだ。顔は見えないし、気もずっと遣わなくていい。いや、車内で半分生き埋め状態になっているいまのほうが、よっぽど酷い状況か。

「趣味は山登りです。僕のような年の独身男性が自然と行きつく、ありきたりな趣味のひとつですね」

「失礼ですが、渡良瀬さんはおいくつなんですか？」

「今年で三一になります」

　私の五つ上。声で想像していたよりも、少し若い。四〇代に届くかぎりぎりくらいだと思っていた。

「私は二六です」

礼儀としてなんとなく、聞かれるよりも前に返したほうがいい気がして、シンプルに答えた。暗闇の奥で渡良瀬さんがうなずいたような気がした。彼は趣味の話に戻っていく。

「休日はいつも近くの山に。電車で行くこともありますが、たいていは車を使っていきます」

「山登りはどんなところがいいのでしょう」

「一人になれるところです。完全な一人ではもちろんありませんが、登っている最中は、登っていることだけを考えていられる。誰にも邪魔されず物事に集中できるというのは、ある種、一人でいるのと同じことだと思っています。つまり、自分という存在に集中できるんです」

　その答えを聞いて、渡良瀬さんという存在が一気に、私にとって身近なものになった。同じだったからだ。一人になれる。絵を描いている間は、何も考えず一人になれる。余計な邪魔は入らない。一人でいることに、ただ集中できる。だから私は絵を描いている。

　彼のよく通る声が、心地よく私の心を代弁してくれているような心地になった。その一瞬だけ、本当に現状の危機を忘れることができた。

「素敵ですね。いつか私も登ってみたいです」

「ぜひ一緒に」

礼儀として返してくれたのがわかる。ええ、ぜひ、と私も返す。見えないままの彼の声をもっと聴きたくなって、質問を続ける。

「山登りの趣味はいつから？」

「大学からですね。山岳部に入っていました。そこで一度、遭難した経験があるんです」

「遭難、ですか」

「私が足を滑らせて、崖下に落ちたんです。先輩も一緒に落ちて、彼の適切な処置と対応で無事に乗り切ることができました」

「怖かったですか」

「ええ、とても。ですが救助が来る間は先輩が励ましてくれたんです。お互いに声をかけあいました」

励ます。声をかけあう。

「その経験があったから、この雑談を？」

「はい。同じように乗り越えられたので」

「それは心強いですね」

どうでしょうか、と、暗闇の奥で渡良瀬さんが苦笑いをした気がした。顔も表情も見えないけれど、そういう雰囲気の答え方だった。

「山といまでは、だいぶ状況が違います。脱線の情報はおそらく鉄道会社にも伝わっているはずだし、救助に動き出してくれているはずですが、山のようにヘリで来てくれるわけでもない。山とは違って密閉されているし、風だって——」

そこで渡良瀬さんが言葉を止めた。

何かあったのかと呼びかけようとしたとき、彼が言った。

「風が、ある」

え？　と、私も背もたれにしていた座席の一部から身を起こし、顔を四方に向けてみる。彼の言う風はすぐには感じなかった。けれどこれまで一定だった彼の口調のトーンが、ほんの少しだけ興奮を帯びているのがわかった。

「……やっぱり、風です。風を感じます。どこからか流れ込んできてる。もしかしたら、車内から出られるかもしれない」

渡良瀬さんが立ち上がる気配があった。といっても天井は低く、ほとんど中腰かしゃがんでいる状態だろう。

「こっちです鈴鹿さん。こられますか?」

靴や布を擦るような音が遠のいていく。彼の進んでいく方向はわかったので、それについていく。数メートル這っていったところで、彼の言う風がようやく私にも感じることができた。ほんのわずかだが、頰を撫でてくる。小さな子供がいたずらをするみたいに、そっと吹きかけるような息を連想した。

「こっちです」と、渡良瀬さんはしきりに私に呼びかけてくれていた。おかげで彼の存在を見失わずに済んだ。見失う? 表現として合っている?

膝がするどい何かを踏んで、痛みが走る。叫ぶほどではなかったが、意識の一部を鈍く支配してくる。ガラスを踏んだのかもしれない。

ばき、と何かが砕ける音が響いた。思わず飛び上がり、身を縮める。渡良瀬さん? と暗闇の奥へ呼びかける。

「こっちです! 窓を割りました。出られます」

進んでいく。気づけば天井がいくらか高くなっていて、中腰になることができた。彼の声が近づく。

「手を伸ばせますか? なんとかつかんでみます」

言われるがままに、前に手を出す。やみくもに両手をうろつかせていると、男の人の手が、私の右手をつかんだ。驚いて小さく悲鳴をあげると、すみません、と彼の声が返ってきた。耳の奥に彼の声がしみこんで、それで落ち着いた。

握る力は強く、そして大きな手。何よりも温かい。幻じゃなく、確かにそこにいるとわかる体温。なぜか急に泣きそうになった。こらえるのが大変で、一度だけみっともなく、大きく鼻をすすった。

「ここです、わかりますか？」

彼が手を引き、導いてくれる。すると暗闇のなかにわずかな小窓が見えた。そこだけ明らかな濃淡があった。漆黒のなかの、淡い黒。外だ。

一度手が離れ、渡良瀬さんが先に窓から外に出ていく。ほんの少しだけ彼のシルエットが見えた。

目をつぶるように言われたので、そうする。がしゃ、がしゃ、と何かが細かく砕ける音。私が窓を通りやすいように、枠についていたガラスを落としてくれているのだとわかった。

「もう一度、手を」

すがるように、窓のほうに手を伸ばす。すぐに彼の手が私をつかんだ。今度は叫ばなかった。強く握りあって、そのまま半分引っ張り上げられるように、私は窓から外に出た。

電車のどこの部分を歩いているかはわからない。とにかく、何かの段差をゆっくり下りながら、とうとう地面に足をつける。力が入らず、その場にへたりこんでしまう。彼のシルエットが見えて、そばで立ってくれているのがわかる。顔や表情は見えない。服装も分からない。肩幅が広くて、あとは細身の印象。身長は一七五センチよりも上かもしれない。

「トンネル内です。やっと出られた」

その言葉で我に返る。彼の観察をしている場合ではない。車内から出られた。あとはトンネルを進んでいくだけだ。そうすれば外に出られる。

彼の手を借りずに立ちあがる。膝と肩に痛みが走る以外に、問題はなさそうだった。本当に骨折すらしていないのだろうか。興奮で痛みがないだけか。それならば、本格的な痛みがやってくるよりも前に、出口を見つけないといけない。

私が立ちあがったのを察して、渡良瀬さんが言ってくる。

「歩けそうですか？　僕が見てきましょうか」

「いえ、大丈夫です。出口を探しましょう」

手を伸ばしながら進む。

すると指の先が何かに当たった。手を当てて探ると、湿った感触があった。やがてトンネルの内壁だとわかった。壁が見つかったのはラッキーだ。沿って進んでいけばいい。

「ふた手に分かれますか？　壁に沿って、右と左に」

提案すると、少しの間があって渡良瀬さんが答えた。

「……ではそうしましょう。でも無茶はしないで。少しでも危なそうなら戻ってきてください。声は定期的にかけ合いつづけましょう」

そうします、と答えて、私たちはふた手に分かれた。

見つかったのは出口ではなく問題だった。私が選んだルートはすぐに行き止まりになってしまった。何か大きなものが横たわり、それが進路をふさいでいた。立ちふさがる壁の一部に触れると、ひどく冷たい。溝のようなものが流線型に入っている。この冷たさは金属だろうか。そこまで考えて、ようやく思い当たった。車輪だ。

目の前をふさいでいるのは、横転した車両だ。それも一両だけじゃない。天井まで暗闇の濃淡が変わらない。積み上がっているのだ。

なかにはどれだけのひとがいるのだろう？　声は聞こえるのだろうか？　誰か

無事なら、どうして誰も、何も言わないのか。どうしてどこからも、悲鳴や助けを求める声が聞こえないのか。

怖くなって引き返す。彼の名前を呼ぶ。わたらせさん、ワタラセさん、渡良瀬さん。心が臆病になっていく。恐怖にまた支配される。

「鈴鹿さん」

声が想像したよりも、ずっと近くで聞こえた。伸ばした手が布に触れる。彼の体だった。落ち着いて、と語りかけるように、渡良瀬さんは私の手をそっと握ってくれた。いくらか冷静になり、彼から離れる。

「す、すみませんでした」

「いいんです。それより、そちらはどうでしたか？」

「だめでした。車両が横たわってるみたいです。たぶん何両かが積み重なって天井まで……」

そうですか、とつぶやき、一拍置いて彼も答える。

「こちらもだめでした。土や石が積み上がった壁にいきあたりました。おそらく土砂か何かだと思います」

出口はない。すべてふさがれている。車両から出られても、視界は依然として暗闇から脱出できていない。

私たちは自力では、ここから出ることができない。


脱線の衝撃でたわんだレールが、わずかに地面から持ちあがっている部分があって、私と渡良瀬さんはそこに背中を預ける形で座った。密着し過ぎず、離れ過ぎず。間に一人からぎりぎり二人、座れるくらいのスペースが空いている。お互いに手を伸ばせば触れられる距離にいる。

「ここで待ちましょう。土砂が除去されれば、すぐに光が差し込むはずです」彼が言った。

「ここにいればすぐにわかりますね」簡単な返事しかできなかった。

そのとき、がん、と重い金属音が響いた。外からかと期待したが、どこか車両のなかから聞こえる音だった。がん、がん、がん、と誰かが何かを打ちつけているようだった。ここにいる、助けてくれ、声が出せないんだ、早くきてくれ。その音がトンネルの外にいるであろう救助隊にはまだ届いていないことを、私と渡良瀬さんだけが知っている。

頭が重く、喉も渇いていた。肩のあたりが痛みだしている。急に疲労がこみあげて、いま立てと言われたら、とても長い時間がかかってしまうだろう。

渡良瀬さんが何か尋ねてきた。聞きとれなくて、謝った。彼がもう一度訊いてくれた。

「休日は何を?」

「絵の仕事があれば、その対応や準備を。ないときは映画を観てることが多いです。好きなカフェがあって、そこでは店主の気まぐれで壁にかかったスクリーンに映画が上映されるんです」

「映画は僕も好きです」

「一番好きな映画はなんですか?」

「……すぐには決められませんね」

私もだ。同じ質問をされたら、そう答えるだろう。本当に映画が好きな人の回答だ。話を合わせるための嘘じゃなかった。このひとはたぶん、嘘は言わない。たった数十分一緒にいるだけでも、彼の誠実さが節々で伝わってくる。数十分? いや数時間かも? まさか数日? 事故からどれくらい経ったのだろう。乗っていたのは昼過ぎだった。もう夕方になっているのか、それともとっくに夜か。いまは何時だ。

何度かやり取りを交わして、雑談が途切れる。一度眠って、目を覚ますと、直前の雑談の内容は忘れていた。眠ってしまったせいで、どれくらい経ったのかますますわからなくなった。

喉が渇いていて、水の音に敏感になっていた。ぴちゃ、ぴちゃ、と天井から垂れてくる水滴の音や、どこからかちょろちょろと流れ込んでくる音も聞こえる。渡良瀬さんがいる方向から、水を口に含むような音が聞こえた。地面にたまった水たまりから手ですくって飲んでいるのだとわかった。私も這って移動する。

伸ばした指先が水たまりにつかって、急いですくって飲む。これが飲んで良い水なのかどうかもわからない。泥水かもしれない。だけど一度飲むと、止まらなかった。手ですくうのも億劫になり、やがて顔を近づけて直に飲んだ。どうせ誰も見ていない。

時間がまた飛ぶ。眠りから覚めると、レールのところまで戻ってきていた。膝や袖が濡れている。体の節々が痛んで、耐えきれずに一度吐いた。

「なるべく吐かないようにしてください」渡良瀬さんが言った。彼が近くにいることをそのときになって思い出した。

「す、すみません。不快な思いをさせて」

「そうじゃなくて、衰弱しないように。食べ物は外に出さないほうがいい」

「……なるほど」

いつ救助がくるのか。あとどれくらい待てばいいのか。それは渡良瀬さんにだってわからない。彼は登山に精通はしているが、脱線事故には精通していない。だけど長期戦を覚悟している。まだ生きようとしている。その強さに、沈んでいた意志が、引っ張り起こされる。

最後に誰に会いたいですか？　そんな雑談の話題も思いついたが口に出すのはやめた。考えるのもやめる。

視界がぐるぐるとまわっている。正体がわからない水を飲んだせいだろうか。しゃべっていないと、またすぐに意識を失いそうだった。

「何か苦手なことはありますか？」私が訊いた。

「大勢でわいわいと騒ぐような場所や環境は、あまり好きではありません」

「じゃあ、いまは最高ですね」

彼が笑ったので、私もそうした。上手く笑えているかはわからない。唇の皮がむけた。

意識が途切れて、気づいたらまた雑談をして、また途切れる。それを何度も繰り返した。空腹すぎて、雑談の最中で一度だけ彼と喧嘩をした。喧嘩というよりは、意見の応酬が少し白熱した程度だが。その話題も思い出せない。

「油絵の手順って？」「鉛筆による下描きと、色を乗せる中描き、細部を完成させていく本描きと仕上げがあります」「どこが一番重要ですか？」「選べません。好きな映画を一つに絞るのと同じくらい大変です」

「渡良瀬さんが映画を好きになる基準は？」「物語、キャラクター、カメラアングル、色彩、カット、監督の趣向が見えるものはなんでも。俳優から好きになることもありますね」「好きな俳優はいますか？」「アン・ハサウェイが好きさです」

「鈴鹿さんに兄弟は？」「いません、一人っ子です」「僕もです」「渡良瀬さんはなんとなく長男という雰囲気ですね」「よく言われます。妹がいそう、とかも」

「私は一人っ子だと答えると、やっぱり、なんて言われます」

時間がさらに経った。

一日、もしくは二日、それ以上。何時間か前かは忘れたが、一度だけ車両のほうからけたたましい女性の悲鳴が聞こえた。トンネル内に反響し、悲鳴だったその音が、しばらく頭上をただよっていた。

助けはこない。このまま死ぬのだろう。体の感覚があまりなくて、でも左手だけはしっかり動くのが、せめてもの救いだった。

怖い。嫌だ。死にたくない。そうやって何度か泣いて、最後には泣く気力もなくなった。

渡良瀬さんは私が泣いて不愉快だったかもしれない。でも責めることなく、いまもそばにいてくれている。気配でそれが分かる。明らかに彼も衰弱しているが、その存在だけはまだ感じる。

「渡良瀬さん、ひとつだけお願いしてもいいでしょうか」

「……言ってみてください」

私はかすかに動く左手を伸ばす。渡良瀬さんのいるほうへ。

「手を、握ってもらえないでしょうか」

怖くてたまらないんです。汚い手かもしれませんが、ほんの数秒でもいいので、握っていてもらえないでしょうか。そう続けようとした。口に出す前に、彼が手を握ってくれていた。ずっとそうしてくれていた。

「……ありがとうございます」

「いいんです」

最後に誰に会いたいですか？　何時間か、あるいは何日か前に言いだそうとして、やめた雑談の話題を思い出す。いまなら私はどう答えるだろう。両親か、仕事先の相手か、大学時代の数少ない友人か。けれども考えて、思い浮かぶのはひとつだった。

「渡良瀬さん」

「なんでしょう」

「叶うなら、あなたの顔が見たかったです。見えないままじゃなくて、あなたに会いたい」

叶いますよ、と答えてくるだろうと思った。きっと叶います。だからあきらめないで。そう励ましてくるのを想像した。

だけど違った。彼はこう答えた。

「僕もあなたに会いたいです」

笑いたかった。微笑み(ほほえ)たかった。でも口元がもう動かせないので、せめて、握った先から伝わってほしいと祈った。同じ気持ちで嬉しいです、と。

やがて、つないでいた手が離れていく。私のほうから離したのかもしれないし、彼のほうからだったかもしれない。

意識を手放すように、とうとう目をつぶる。

ふいに、まぶたの裏の景色が白く飛んだ。暗くなったかと思うと、また白くなる。この点滅はいったい何なのか。

「鈴鹿さん」

彼が呼ぶ。だけど応答する気力がない。

「鈴鹿さん！」

今度はもっと大きな声。放っておいても揺さぶられて、無理やり起こされそうだった。しぶしぶ力を振り絞って、閉じていたまぶたを開く。

とたんに視界が白み、そして何もかもが見えなくなった。

それは私が、二日と二三時間ぶりに浴びた光だった。

2　姿を見たとき、直観的にわかった。

起きて最初に目に飛び込んできたのは、継ぎ目のない白い天井だった。白いシーツに白い掛け布団、白い枕と、フレームだけ灰色のベッド。私は天国に来てしまったのだろうか。いや、ひょっとすると地獄かもしれない。案外地獄のほうが、入口は清潔に保たれていそうだ。

カーテンを開けた看護師の女性と目が合って、あ、と同時に声をあげた。

「起きられましたね。ここは君田原市内の病院です。何があったかは覚えていますか?」

体に視線を落とすと、病院着に着替えさせられていた。左腕に刺さっているチューブは、点滴台へとつながっている。横にはさらに複雑な機械が設置されていて、脈拍や心拍数といった、私の生命活動に関するデータが数値となって記録されているようだった。それらは首や胸元や足などに張られたパッチから収集されていて、看護師が順番にパッチをはがしていくと、ぴー、と異常を告げる音が鳴り響く。看護師は特に慌てる様子もなく、機械の音を消す。

ここは本当に病院で、看護師姿の女性は本当に看護師だった。水の入った小さな紙コップを受け取り、一口飲むと、ようやくしゃべれるようになった。

「確認です。ご自身のお名前は答えられますか?」

「……鈴鹿真結です」

「けっこうです。ありがとうございます」

看護師が続ける。

「列車の脱線事故によって、トンネル内からあなたは救出されました。そのことは覚えていますか?」

「だ、脱線したことと、トンネルのなかにいたことは覚えています。けど救出されたのは記憶にありません」

聞いているのかいないのかわからない態度で、私のベッド脇にかかっていた書類ファイルに目を通しながら、看護師が続ける。

「所持品から氏名などを書かせていただきましたが、本当に鈴鹿真結さんでお間違いはないですね？　自分の名前も漢字で書けますね？」

「は、はい」

ベッド横の引き出しテーブルの上に、私の財布が置かれていた。その下のカゴには私が穿いていたパンツや着ていたシャツ、カーディガン、下着類などがきれいに折りたたまれている。どれも泥や血で汚れていた。それが所持品のぜんぶだった。あのトンネルから一緒に脱出してきたものたち。カバンやそのなかに入っていたものや、スマートフォンもない。財布と服だけ。

服を見ていた私に、看護師が補足してくる。

「搬送時に急ぎで検査を進める必要がありました。その際、ワイシャツは損傷していたので破棄しましたが、問題はありませんでしたか？」

「あ、はい。別に大丈夫です」

「カゴのなかの服はお持ち帰りになりますか？」

「……そんなにすぐに帰れるんですか？」

どの道こんな服を着て帰ることはできない。けれどそれよりもまず確認しなければいけないことがたくさんあった。脱線事故はどうなった？　あれから何日経った？　私の体はどこまで無事なのか？　ほかにも搬送されたひとはいるのだろうか？　一緒にいた渡良瀬さんはどうなった？　看護師の対応は丁寧で正確だが、こちらが尋ねないと絶対に答えてくれないような、機械的な印象があった。

「私、どこか怪我とかはしてなかったんですか？」

「搬送時には栄養失調と脱水症状、それに複数個所の脱臼が見られましたが、いまは問題ありません。打撲と裂傷、首の炎症等も残っていますが、命に別状はありません。奇跡ですよ」

主治医への報告と、ほかの搬送患者を見るので一度失礼します。そう言って看護師はカーテンを開けて去ろうとする。そして何よりの最重要事項みたいに、

「服の件は決まったらご報告ください」と念を押された。

カーテンを閉める最後に、看護師はこう添えた。

「もう大丈夫ですよ。いまは安心して休んでください」

機械的だった彼女が急にやさしい言葉をなげてきたので、面喰らってしまった。それからじわじわと、その言葉が内側に浸透していった。あふれそうになるのを、思わずこらえる。

カーテンが完全に閉まり、看護師が遠ざかっていく。反対の窓側のカーテンが少し開いていて、隙間から外をのぞき見ることができた。良く晴れた空で、小鳥

が一羽鳴きながら、通り過ぎていった。二度と見ることのないと思っていた外の景色だった。

看護師が病室から出ていったのを確認したあと、私はとうとう声をあげて泣いた。満足するまで、ひとしきり泣き続けた。

精密検査を受けながら、私はようやく主治医から事故に関する詳細を教えてもらうことができた。脱線はトンネルのなかで起きたこと。きっかけは土砂崩れで、トンネル出口をふさぐように土砂が埋まってしまったこと。ブレーキが間に合わず、電車は土砂に乗り上げて脱線したこと。不運なことに、立てつづけに入口側のトンネルも土砂でふさがれてしまったこと。

そしてあの脱線事故から、三日が過ぎていること。私は搬送されてから半日以上眠り続けていたこと。私のほかに搬送されてきた乗客が何人もいたことも教えてもらった。

「ほかの患者にも言ってるんですがね、テレビはね、まだあまり観ないほうがいいと思いますね」

説明してもらうのは大変ありがたいのだが、この主治医は語尾に「ね」をつける癖がある。教えてもらう情報を咀嚼（そしゃく）するのに、少しノイズだった。

「嫌な記憶がよみがえったり、それが引き金になって日常生活を送っている間も常に思い出したりと、心理的に負荷がかかるケースが多いんですね。だからテレビは少し時間を置いたほうがいいと思いますね。強制はできませんがね」

「あの、ひとつ聞いてもいいでしょうか」

私のカルテから顔を上げて、主治医が聞く姿勢になってくれる。

「トンネル内で一緒に閉じ込められていた男性がいるのですが、そのひともこの病院に入院してるか確かめることはできますか？　救助されてるかとか、無事かどうかとか、知りたいんです」

「名前はわかる？」

「渡良瀬。渡良瀬が名字で、名前が景」

「……どうだろうね。記憶にはないけど。一応、調べることはできるけどね」

「お願いします。ぜひ」

どんな顔で、どんな見た目をしていたのかも、もちろん気になる。けれどそれ以上に、まずはあのひとにちゃんとお礼を言いたかった。直接会って伝えたかった。あなたのおかげで生きられたと。諦めずにいられたと。あなたがいなければ、とっくに命を手放していたと。

「あ、ぼくからもひとつ」

　主治医が話題を変える。

「警察が今回の事故について色々と聞きたがってる。比較的怪我の軽い患者さんの何人かは、すでに話をしたみたい。あなたの所にも来るかもしれないけど、もし嫌だったらぼくか看護師に伝えてね。体調優先でいいからね」

「わかりました。ありがとうございます」

　私が眠っていた間にも、調査は着々と進んでいるらしい。警察が尋ねてきたら、私は何か役に立てるのだろうか。電車自体が復旧してるかどうかも、まだ知らないのに。

　そもそも、事故の記憶を私はすべて思い出せないでいた。そのことを主治医に相談すると、シンプルな答えが返ってきた。

「大きなショックがあったあとだからね、記憶が断片的になるのは珍しいことじゃないですよ。そのうち戻るとおもうけどね。焦らなくて大丈夫」

　本当に大丈夫なのだろうか。記憶の喪失具合など、他人と比較できるのだろうか。私があの電車に乗っていた理由すら思い出せないのは、果たして正常な具合なのだろうか。

「ところで鈴鹿さん、誰かに連絡は？　無事を知らせたいひととか、退院のときの迎えとか、着替えを持ってきてもらうひととか、そういうのはいる？」

「……スマホを持っていないので」

「待合室に電話コーナーがあるから、そこで使えるよ」

答えたのは、スマホがないので電話帳から友人や知人の番号を引っ張り出してくることができない、という意味だったのだけど、どうやらうまく伝わらなかったようだ。小学生のころは友達の家の電話番号は簡単に覚えられたのに、いまはひとりも言えない。仕事用のスマホには知人や仕事先の連絡先が入っているが、自宅に置いたままだ。スマホを一つ無くすということはもはや、脳を一つ失うのと同じといってもいい。

「実家の電話番号なら知ってるので、そこに電話はできます。でも退院は一人でできそうだし、着替えを持ってきてもらうには遠いので」

「したほうがいいと思うけどね、個人的には。無事だけでも報告しないと。向こうは事故に巻き込まれたことすら知らないはずだけどね」

そんなものなのか。一般的にはやはりそうするべきなのか。まあ、そうかもしれない。

診察が終わり、病室に戻る前に待合室の電話コーナーにそのまま立ち寄った。気が乗らないことは先に済ませたい性質だった。

購入したプリペイドカードで、よどみなく番号を押していく。四回ほどコール音が鳴って、最初に父が出た。

「鈴鹿です」

「あ、もしもし、お父さん」

「真結か。待ってろ、母さんにかわる」

「あ、いや別にお父さんでもいいんだけど」

答える前に受話器から離れる雰囲気があった。父は電話が嫌いだ。相手の顔が見えないのが苦手というか、怖いのだという。実の娘を相手にしていようが変わらない。たまに電話をする機会があっても、いつもすぐに母にかわる。そして母は父の分を補うみたいに、喋り続ける。

「もしもし真結？　そっちはどうなの最近？　うまくいってるの？」

「生活は大丈夫。でも、なんというか」

「なに?」

「……ちょっと事故に遭った」

「なにそれ、大丈夫なの?」

気づけば口が勝手に動いていた。防衛本能という単語が頭に浮かんだ。

「軽い怪我だから、すぐに退院できる」

「どうせ不注意だったんでしょ。気をつけなさいねほんと。あなたよく怪我するんだから。まあ、あなたの体で、あなたの自由だけど」

お決まりの文句。台詞。会話の流れ。同じやり取りを何度もしている気がする。ことあるごとに、母は最後に添えるのだ。あなたの体、あなたの自由。だけど口を出さないとは言っていない。まったく無言で干渉してこないわけではない。私が美大に進むと決めたときも、上京するときも、母は自由だといいながら、最後まで認めた雰囲気ではなかった。いまもそうだ。

やりたいことがあるなら正社員で見つけてほしいし、そうでないなら家庭を築いてほしいと思っている。私はそのどちらも選んでいない。

「もう切るね。病院、電話は迷惑かかるから」

「事故とか気をつけなさいね。じゃあね」

もうとっくに遭っているし、脱線した車両に乗っていたし、二日間もトンネルに閉じ込められていたけど、私はとうとうそれを明かさなかった。母はまだあの事故のニュースは観ていないのだろうか。もしくは観ているけど、私とは少しも結びつかないのかもしれない。

電話を終えて病室に戻ると、あの看護師が待っていた。服を入れたカゴのすぐそばに立っていて、それだけで彼女の用件がわかった。

「服は処分してしまってよろしいですか？」

「あ、はい。大丈夫です」

「パンツのポケットに何か入っていました。回収が必要でしたらお願いします」

血と泥で汚れて、膝のあたりが擦り切れたパンツを手に取る。後ろポケットを探ると、確かに何か入っていた。小さくて丸みを帯びているもの。取り出そうとしたとき、はっと思いだした。口のなかの出血。抜けた歯。

とっさに看護師に背を向けて、それを握って見えないように回収した。用のないパンツをカゴに戻すと、看護師さんはお辞儀を一つ返して、カゴごとすべて持って行った。

一人になった病室で、握っていた拳を開く。そこにあったのは歯ではなかった。

私があの車内で拾ったのはまったく別の物だった。勝手に自分でつくった緊張が緩和されて、しばらく笑った。

昼間は清潔な色をしたベッドの上で、渡良瀬さんのことを考え続けた。暗闇のなかで、姿が見えないまま聞いたあの声と、握ってもらった手の温かさを思い出し続けた。

夕方になって病院内に併設されたコンビニで買い物をした。取り急ぎ必要な下着類と無地の長そでTシャツ、それからセンスのない黒のスラックス。着替えを持ってきてくれる友人や知人はいないので、こうして現地調達するしかない。

コンビニから出たところで、すぐ横を走る影があった。反射で避(よ)けると、病院着を着た少年が勢いよく駆けていくところだった。そのあとを、私服の男性が追いかけていく。灰色のパーカーと黒のズボン。

男性は少年の腕をつかみ、それから肩に手をかけて強引に少年のスピードを落とす。ばたばた、と二人の足音が激しく響いた。

男性がかがみ、自分のほうへ少年を振り向かせる。横顔が見えて、男性が眼鏡をしているのに気づく。

それから少年の顔にも、見覚えがあった。音が消えて、彼を見た光景が脳裏に広がっていた。それは欠損していた、あの事故の記憶の一部だった。

同じ車内に乗っていた少年だ。母親と一緒にいた子。雨に降られて、傘がなくて母親の口調を真似するように愚痴を言っていた子。席でゲームをしていた子。どうやら搬送先が一緒だったらしい。母親も近くにいるのだろうか。

一方で、興奮した少年をなだめている眼鏡の男性のほうには見覚えがない。いや、どこかで見たような気もする。同じ車内に乗っていたひとだろうか？　こちらはあいまいだ。

「お母さんに会う！」少年が叫んだ。

「そ、その前に、おじさんの話を聞いてくれ」

「いまからジュース買ってもらうの！」

少年が男性を振りほどき、走っていく。

その先にある待合室に病院着を着た母親がいて、少年が走った勢いで母親に抱きつく。母親と少年がこちらを向く前に、焦ったように男性は近くの階段を下りて、去っていくところだった。

いまのは何だったのだろう。何が起きていたのか。親子のもとへ行き、確かめてみようか。いや、男性と同様に不審者扱いされるかもしれない。こちらが同じ車両に乗っていたことを覚えていても、向こうはそうとは限らない。

躊躇しているうち、親子が背を向けて、待合室内の自販機でジュースを買い始める。諦めて私も方向転換し、病室へ帰ることにした。戻る間、男性が何者だったのだろうかと思い出そうとしたが、とうとうわからなかった。


翌朝、退院できるかどうかの検診を行っていたとき、渡良瀬さんのことを調べてくれていた主治医が伝えてきた。

「渡良瀬さんだけどね、この病院にはいないね。あの事故で救出されたひとはほかの病院も受け入れてたから。そのなかのうちのどこかに搬送されたんじゃないかな」

「……そうですか」

「個人情報に関わるし、本当は教えられないんだけど、事情が事情だしね。まあ、搬送を受け入れた病院のリストくらいはあげられるけどね。どうする？」

「ありがとうございます。お手数かけてすみません。ひとまず、リストだけもらえますか」

ちょっと待ってね、と、主治医はその場でデスクトップパソコンを操作しはじめる。あらわれた画面の情報をメモ用紙に書き写し、差し出してくれた。

この病院にはいない。同じ病院には搬送されなかった。すぐには会えない。けれど、だからこそ余計に強く望む。会いたい。彼は無事だろうか。もしかしたら、私よりもひどい怪我を負っているのか。

渡良瀬さんに会いたい。願うたび、つのる。

その後の検査によって、肋骨の二本に小さなヒビが入っているのが見つかった。確かに体を曲げたり寝がえりを打ったりしたときに痛みがあったが、事故による筋肉の損傷か、仕事で抱える腰痛から来る痛みのどちらかだと思っていた。ひとまず日常生活に支障はないが、過度な運動は禁止となった。入院がそれで二日延びて、正式な退院は日曜日となった。

荷づくり（といっても何もない。財布とコンビニで買った簡易な服を着ているだけ）を済ませている間、看護師が薄桃色のパーカーを持ってきてくれた。リユースショップで見かけたものを買ったきり、使っていなかったのだという。

「よければどうぞ」

「いいんですか？」

「6月とはいえ、長袖一枚はまだ少し冷えます」

羽織ってみると、サイズがぴったりだった。本当に前から買っていたものだったのか質問しかけたが、無粋かと思ってやめた。私は形式的なお辞儀とお礼を済ませて、病室を出ていった。そのほうが喜ぶ気がしたからだ。看護師は見送りにくることもなく、病室に残って私のベッドのシーツを回収しはじめていた。

外の空気を目いっぱい吸う。よく晴れていた。確かにパーカーを一枚羽織ると、心地良い気候だった。

主治医からもらった病院のリストのメモはまだ持っていた。リストのなかの病院のひとつに、きっと渡良瀬さんは入院している。だけど考えて、連絡するのはひとまずやめておくことにした。病院関係者の何人かの手を借りることで、確かに彼にはたどりつけるかもしれない。だけどまだ列車の事故で入院している乗客もたくさんいるはずだ。その治療の邪魔だけはしたくない。

渡良瀬さんもきっとまだ、自分の生活に戻るのに忙しいだろう。自分の都合で勝手に連絡を取ろうとする、迷惑な女だと思われたくはなかった。もう少し落ち着いてからでいい。それに私自身の生活もまず、平常運転に戻さなければならない。

電車に乗る気はさすがに起きず、しかたなく割高を覚悟してタクシーを使うことにした。迎えにきてくれる友人は、トンネルのなかのスマートフォンと一緒に失った。

後部座席に設置されたテレビにニュースが流れていた。上空からあのトンネルを中継していた。テロップで、『土砂除去も　いまだ復旧見通し立たず』と端的に状況を伝えていた。ヘリに乗ったリポーターが何か喋りだしたところで、私はテレビを切った。観るなら自分のタイミングで観たい。

運転手との会話も特になく、無言のまま時間が過ぎた。一眠りしようと思ったが、入院生活で一年分は寝ていたので、まったく眠気はやってこなかった。流れたり止まったりする景色を眺めるうち、自宅マンションの前についていた。少しびっくりする料金をクレジットで払って、タクシーを降りる。

部屋は薄暗く、埃でこもっていた。窓を開け放って、明かりと空気を入れる。休日の昼間の陽光が部屋を満たして、ほっと息をつく。なぜか無性に布団を干したくなった。

外から子供のはしゃぐ声が聞こえる。近くに公園があるのでそこで遊んでいるのだろう。私が生活していたこの空間と音と空気を、体になじませていく。たった一週間留守にしていただけなのに、遠い国から帰ってきた気持ちだった。

何もかも出ていったままだった。申し訳程度に整えられたベッド。ソファの背もたれにかけたままのカーディガン。洗濯してたたみはしたものの、まだ収納していない衣類。

そして何より変わらないのは、仕事用机のパソコンやキーボード、ペン立てにメモ帳、それから仕事用スマートフォンなどの配置。椅子に腰かけたところで、仕事の連絡を一切していなかったことを思い出した。

事故のことは明かさなくていいだろう。余計な心配はかけたくないし、何か過度な同情や配慮を受けるのも嫌だった。その厚意に、自分がふさわしくないとすら思う。固定給も労働時間も設定されていないフリーランスなので、ある程度のごまかしはできる。

『体調不良により連絡滞っておりました。申し訳ありません。いただいた三本の記事の件、締切には間に合わせますので、引き続きよろしくお願いいたします。』

いつか前に書いたメールをほとんどそのままコピーして、一部を修正して送る。

休日にもかかわらず、すぐに編集の笹基さんから返事があった。

『承知いたしました。いつもありがとうございます。どうかご無理なさらず。よろしくお願いいいたします。』

これも前に見た文面、向こうも同じように、定型文を用意して返信したのかもしれない。最後に笹基さんと直接会ったのは一年ほど前で、きびきびと動くかっこいい女性の編集者だ。いつも私が食いっぱぐれず、オーバーワークにならないぎりぎりの量の記事数を発注してくれるので、とても助かっている。このひとに命を預けているといっても、もはや過言ではない。

リビングに隣接する形で、ふたつの部屋がある。畳の寝室につながるふすまと、アトリエと勝手に呼んでいる洋室につながる引き戸で、それぞれ隔てられている。ふいにどっと疲れが押し寄せて、タクシーのときにはまったくなかった眠気が襲ってきていた。意識が寝室のほうに引き寄せられかけたが、最後にアトリエを確認することにした。

案の定、空気がこもっていて、すぐに窓を開け放った。埃というよりは、キャンバスに立てたままだった描きかけの絵から発する油絵の具の匂いだった。イーゼルも、筆も、パレットも、無数のスケッチブックを入れた箱や鉛筆、資料をおさめた本棚、学生時代から使っている椅子。

乗っていた電車が脱線し、体中が吹き飛ぶような思いをしたからといって、この部屋自体が滅茶苦茶になったわけではない。当たり前のように、置かれたものがそのままの位置でそこにあった。他人が見れば散らかり放題と表現するかもしれないが、すべてのものがあるべき場所に収められている、私にとっての聖域で、秘密基地だった。

アトリエがそのままあることに安心して、とどめに猛烈な眠気がやってきた。服をぜんぶ脱いで、下着のままベッドに入った。

起きると夜になっていた。部屋中が真っ暗で、一瞬、救助された以降はすべて私が見た幻だったのかもしれないと思った。ここはまだトンネルのなかで、もがき、渇き、飢えている。

息が急にできなくなって、急いで明かりのスイッチを探した。足がもつれて一度転倒した。リビングの明かりをつけて、床にうずくまり、数分後にようやく落ち着いた。いまのは何だったのだろう。発作だろうか。

台所の蛇口をひねって、コップにあふれるほど水を入れて飲んだ。何度もなんども、存在を確かめるみたいに水を飲んだ。

帰ってきてから何も口にしていないことに気づいて、冷蔵庫のなかを漁った。オレンジジュースの賞味期限が過ぎていたが、それ以外は無事だった。日につい た焼きそばと豆腐のパックを取り出して、ぜんぶまとめて調理すると、見たことのない焼きそばができた。

パニックに支配されかけていた意識が、ようやく冷静になる。豆腐焼きそばの味は悪くなかったが、二度とつくらないし食べないと決めた。ポットで湯をわかし、インスタントのコーヒーを淹れて仕事用の机に向かう。椅子に座りながらデスクトップパソコンのスイッチを入れる。

そこから深夜の三時まで指を動かし続けた。夏休みの最終日に宿題の遅れを取り返すみたいに、三本の記事の執筆をまとめて済ませる。テーマを選ぶのは編集の笹基さんで、私は彼女から送られてくるプロットと呼ばれる構成表をもとに、記事を執筆していく。美容、グルメ、家電、インテリア、不動産等、毎回ジャンルやテーマはばらばらで、文字数も異なる。そのばらばらさ加減が適度な変化と刺激をくれるので、個人的にも合っている。

今週分の仕事が終わってしまい、また就寝を意識する時間がやってくる。いつもは明かりをすべて消して寝ている。同じような生活に戻れるだろうか。さっきのようなことにはならないだろうか。

最初にリビングの明かりを消して、次に寝室の照明を消す。部屋が暗闇に包まれる。ふすまを開けたリビングの奥、カーテンがあるほうからわずかに月明かりが射している。完全な暗闇ではない。

そのはずなのに、ふいにまた呼吸が荒くなる。上手く息が吸えなくなる。起き上がって、空気をめいっぱい吸おうとするが、上手くできない。手が震えだして、そこで限界を感じた。

ベッドから飛び出して、寝室とリビングの明かりをつける。ここが確かに自分のマンションの部屋であるという事実を、体にしみこませていく。汗をびっしょりかいていた。シャワーを浴びたかった。その前にこみ上げる吐き気をどうにかしなければいけなかった。

体の痛みは癒えた。

だけどどうやら、内側がまだのようだった。

翌朝、初めてテレビをつけた。リモコンの電池が少なかったのか、何度か押してやっとテレビが流れた。主治医に精神面の配慮から勧められてはいなかったが、すでに支障がでているし、いまさら何だという気がした。開き直りに近い感情で、列車事故の詳細を取り上げている番組はないかと探した。

一つめのチャンネルで、早速目的のニュースが流れはじめる。一週間ほどが経ついまも、列車事故の詳細を男性アナウンサーが丁寧に説明してくれていた。背後には誰も傷つけないイラストで丁寧に図解もされていた。

雨によりもともと弱かった地盤がゆるみ、土砂崩れが起きた。土砂がトンネルの出口をふさぎ、そこに列車が衝突。間髪入れず、入口側も土砂で埋まる悲劇。ここまでは主治医から聞いた内容と同じだった。私が新しく知ったのは被害の詳細だった。

乗っていた電車は各駅停車の八両編成。事故の被害による死傷者が特に多かったのは、土砂に激突した衝撃が特に大きい前方三両だった。私が乗っていたのは六号車で、だから比較的怪我が少なく、奇跡的に救助されたようだった。死者は二六名で、負傷者は一六三名。いまだに多数は入院中。それがあの事故がもたらした結果のすべてだった。

迂回できる在来線がほかにも一つあり、もともと事故を起こした電車を使っていた乗客がそちらに流れ込んだ結果、朝のラッシュ時はパンク寸前だという。電車の復旧は明日を予定しているが、警察や事故調査委員会の調査が引き続き進められているという。そういえば、警察が入院患者の何人かから話を聞きたがっていると、主治医が言っていた。結局、私のところにはこなかったことになる。

事故の詳細の報道が終わると、コメンテーターたちがしゃべりはじめる。誰がどう悪いとか、どこに責任があるとか、社会の声の代表だと言わんばかりにいまSNSでは多数の批判が上がっているとか、そういう種類の話が始まったのでテレビを切った。

夜通しで書ききった記事の初稿を編集に送る。『ご確認よろしくお願いいたします』の定型文と、『確認させていただきます』と定型文の返信。いつものパターンが安心をくれる。私がいますのは、日常への回帰だった。激しく脱線したレールから、元に戻ること。

カーテンを開けるとよく晴れていた。外に出たい気分になって、何か用事はなかったかと考えてみる。そういえば、プライベート用のスマートフォンを事故で失っていた。学生時代の友人の連絡先はすべて失ったが、逆にいえば致命的な損失はそれくらいだ。スマートフォンをつくりなおそうか。それとも鉄道会社に問い合わせれば、補償してくれるのだろうか。

　スマートフォンのことを思い出し、それからスマートフォンのカバーに入れていたマイナンバーカードも一緒に紛失していることに、いま気づいた。こちらは自分で再発行の手続きをしなければならないだろう。ひとまずはそちらを先に行おうと決めた。

　頭が徐々に回ってきて、行きつけのカフェにも寄ろうと思いつく。ついでに作業もしよう。カバンに仕事用のスマホとノートパソコン、財布を入れて、ようやく外に出る。午前一一時になろうとしていた。


　カフェへ向かっている途中、通りの一本先で駅のロータリーが見えて、何気なく引き寄せられていった。駅に近づくたびに、ゆっくりと喧噪が耳にしみこんでいく。どこかの車が鳴らすクラクション。信号機の音。近くのビルがながす広告の映像。

　そこは私があの列車に乗るときに使ったはずの駅だった。事故の前後の時間がところどころ途切れていて、乗ったときの記憶もない。だけどあの電車を利用するとすれば最寄り駅はここだろう。

そもそも私は何のために電車に乗っていたのか。普段電車に乗ることはそれほどない。仕事の打ち合わせでたまに利用するくらいだ。だが、仕事用のスマートフォンが家にあったということは、仕事の用事ではきっとない。

絵画用の画材を買うために出かけていたのだろうか。これはありえるし、現状は一番しっくりくる。もしくはリフレッシュのために外出していたのか。あまりないことだが、ありえなくはない。あるいは友人や知人に誘われてどこかに向かう途中だったのか。めったにないことだが可能性は捨てきれない。

駅に近づけば、あの日の具体的な行動をさらに思い出せるかもしれない。あいまいな期待をこめて、ロータリーに近づいた。信号が点滅しはじめたので、思わず駆ける。

あれ、とそこで異変を感じた。

渡った先で急に顔がほてり、脈が速くなり、息苦しくなった。最初は走ったせいかと思っていたが、改札口に近づいたところでそうではないと気づいた。

昨日の夜の暗闇と、似たような感覚。発作が起こりかけていた。すでにはじまっているかもしれない。私の内側が駅に近づくことを拒絶していた。

思いっきり息を吸うと、ひゅううう、と空気を震わせる甲高い音が鳴った。うずくまりかけると、近くの交番から警察官が出てこようとしていた。

渡った信号が青になり、私はすぐに引き返した。なるべく駅舎やロータリーを視界に入れないようにうつむきながら離れる。吐くならどこで済ませるべきだろうか。アーケード商店街をうろつきながら、見渡していく。コンビニが目に入ったが、その頃にはすでに発作がおさまっていた。主治医が言っていたのはこういうことか、と理解し反省した。しばらく駅には近付かないほうがいいかもしれない。

商店街から通りをそれて、裏道を進むと、行きつけのカフェの看板が目に入る。『喫茶ぺーぱー・むーん』。映画のタイトルから取ったカフェの名前だ。個人経営のカフェで、マスターが一番好きな映画なのだと、前に教えてくれた。

アンティーク調のドアを手押しで開けると、からん、と、ちょうど良い高さの鈴の音が鳴る。カウンターの奥から、店の名前が印字された青いエプロンをつけたマスターが現れ、お互いに小さくお辞儀をする。年は六八で、四角い顔と、ゲン担ぎに伸ばし続けている白い眉毛。コーヒーが飲みづらいからと、常にきれいに剃られている顎や鼻もと。事故の前と変わらず、店と一緒にそこにいてくれる存在。

アルバイト店員の青年に「お好きな席へ」と案内される。彼も私の日常の一部を担ってもらっている。半年ほど前からここで働いている専門学生。基本的には無表情だけど、無愛想ではない。

私は定位置の、入って右側の窓際、一番奥の二人用席に向かう。椅子にカバンを置き、ソファ席に座るのが私のなかのルールだ。

青年が注文を取りに来る。私のメニューは決まっている。「ブレンド一つと、たまごサンドイッチ一つ」。青年もそれがわかっていて、私が言いだすよりも前に手元の注文票に書き込む。形式的な作業として、それをやっているような雰囲気だった。無表情ではあるが、無愛想ではない。このお店の方針なのだろう。そこが気に入っているところの一つでもあった。

店の一番奥の壁にスクリーンが吊るされていて、映画が流れていた。白黒の映像。車を降りたスーツ姿の男性二人が、遠くにいる美しい女性を見ながら、フランス語で語り合っている。これがこのお店を、もっとも気に入っている理由。マスターの気分や好みで、その日の午前と午後に映画を流してくれる。今日は私の入店が遅かったので、映画は途中からだった。

流れているのはゴダールの『小さな兵隊』だ。私がフランス映画に詳しいというわけではなく、前もこの店で同じ映画を上映していたからわかった。コーヒーとサンドイッチを持って、マスターがやってくる。青年は休憩に入ったらしい。

「いつもご利用ありがとうございます」

「こちらこそ、ありがとうございます」

短く、かつシンプルなやり取り。雑談は広がらない。でもそれがいい。気を遣った会話はいらない。お互いに、そこにいることを認め合っているこの空気が良い。マスターが喋るときは、たいていが映画を紹介するときくらいだ。

「今日はジャン＝リュック・ゴダールの『小さな兵隊』を流しています。これは私が初めてリバイバル上映で見た映画でして――」

その説明は前にも聞いていたが、私はマスターが話すのを止めなかった。実際、忘れていた小話もあって、興味深く聞くことができた。

マスターが淹れてくれるコーヒーは、初めは少し熱くて、猫舌の私は苦労する。だけどマスターの話が終わってカウンターに戻っていくころには、いつもちょうどよい熱さになっている。私だけに提供してくれている配慮なのか、それとも他の客にも同じように行っていることなのかは分からない。でも、とにかく、ここではすべてが私の好みにぴったりと納まっている。このお店ごともし別の場所に引っ越してしまうなら、私もそのままついていくかもしれない。

サンドイッチを食べながら、映画の続きを鑑賞する。ヒロインと二人きりの部屋で、主人公はヒロインにカメラを向けている。私はふいに渡良瀬さんのことを思い出す。あのトンネルのなかの暗闇。二人で過ごした時間。

彼が入院している可能性のある病院のリストは、まだ肌身離さず持っている。財布のなかにちゃんとしまってある。かけようと思えば、いまこの場で電話を順番にかけていくこともできる。けど、もしかしたらとっくに退院しているかもしれない。電話できない理由はほかにもあった。私自身が、こうしてまだ日常に戻っている最中だから。そして渡良瀬さんも、同じように戦っている最中かもしれないから。

映画が終わったタイミングで店を出る。マイナンバーカードの再発行手続きのために、区役所へ行く用事が残っていた。区役所は駅の裏手にある。駅構内を突っ切っていけば近道だが、無理せずまわりこんで向かうことにする。コーヒーとサンドイッチと映画で優しく包んだ心の膜を、やぶりたくはない。

区役所までのあいまいな記憶を地図アプリで補いながら、本来は七分でいけるところを一五分ほどかけて、区役所に到着する。出入口は利用者で行き交っていて、常に自動ドアが開きっぱなしになっていた。

案の定、なかも利用客でごったがえしていた。町の人口に対して区役所のスペースや設備、人員がまったく足りていない、と、ポストに定期的に投函されているタウンニュース新聞で読んだことがある。

窓口ごとに整理券を発行するための列ができていた。付近に立っている案内員に聞こうかと思ったが、そこですら質問の列ができている。

区役所のホームページにアクセスし、どこに並べばいいかを調べて、日的の窓口を見つけたあと、整理券を発券した。私の数字は『８９５』になっていて、現在の呼び出しは『６１２』だった。試しに数分待ってみたが、進んだのは二つだけだった。それで心が折れた。

整理券を近くのゴミ箱に捨てて、立ち去ろうとしたときだった。

「ちょっと待って！」

声をあげながら、誰かが私の腕をつかんだ。驚き過ぎて悲鳴を呑み込む。本当にびっくりしたときに叫べない種類のひとがいる。私がそれだ。

整理券を捨てたことはルール違反で、そのことを注意されるかもしれないと思った。おそるおそる顔を上げると、私服の三〇代ほどの女性だった。職員ではない。利用客だろうか。整理券をゆずってほしくて、血相を変えて呼びかけてきたのだろうか。いや、厳格なマナーを持つ利用客で、私の行為をやっぱり咎めようとしているのかもしれない。

続いた女性の言葉で、私が筋違いな予想をしていたことを知った。

「あなた、電車に乗っていたひとでしょう?」

女性は坂本温子(さかもとあつこ)さんといい、坂本さんは事故を起こしたあの列車で私と同じ車両に乗っていたという。席に座る私を覚えていたそうだ。六号車と答えていたので、確かに間違いはなさそうだった。問題なのは私が坂本さんを覚えていないということだ。ひとまず自己紹介を返し、間を埋める。

「よければ近くで話さない?」

坂本さんに連れられて近くのファミレスまで移動している間、彼女のことを必死に思い出そうとした。記憶の蓋が開いたのは、お店でメニューをつかむ彼女の、手の甲を見たときだった。親指の付け根にあるほくろを見て、私が座っている近くで、立っていた女性だと思いだした。

「スティーヴン・キング」

「え？」坂本さんがメニューから顔を上げる。

「あ、すみません。あのとき、本を読んでいらした方ですよね？」

坂本さんが思い出す。数秒経って、ああ、とうなずく。

「ええ、そう。スティーヴン・キングを読んでた」

「勝手に見てすみません」

「いいのよ。あたし、本にカバーはかけないから」

坂本さんは意見や意思をはっきり伝えるタイプのひとだった。雰囲気やタッチパネルをてきぱきと操作する指の動かし方から、それが伝わってくる。坂本さんが迷いなく注文を終えても私はまだメニューを決めかねていて、とっさに同じものをくださいと答えた。テーブルにならんだのは二人分のエスカルゴだった。エスカルゴだけはいらなかった。

「鈴鹿さんのことはよく覚えてた。まさか同じ町に住んでたなんてね」

「どうしてですか？」

「席に座ってるひとたちのなかで、あなただけ携帯をいじってなかったから。ちょっと眺めてみたけど、まわりを観察してた。そうでしょ？」

「そうです。すみません」

なんで謝るの？　と坂本さんは笑いながら、エスカルゴを食べ進める。横には白ワインのグラスが置かれている。

観察するのが好きなんだ？　と訊かれると億劫なので、今度は先に私が質問をした。

「区役所に用事があったんですか？」

「うん。保険証とか色々なくしちゃって、もう大変。でもあの混み具合見たでしょ？　だめだって思って今日は退散しようと思ってたの。そうしたら、あなたを見かけた」

会えてうれしい。坂本さんはまっすぐにそう伝えてきた。気づけば同じように返していた。私もです。いまになってようやく、同じ事故に遭遇したひとと、こうして座っているのだということを、実感する。

どうやって過ごしたのか、どうやって救出されたのか、どこの病院に搬送されていたのか、訊いてみたいことがいくつかあったけど、それはもしかしたら本人の傷に触れる行為かもしれなくて、躊躇する。

　代わりの話題を見つけたとき、とっさにカバンに手を伸ばしていた。外のポケットのなかをさぐると、やはりあった。

「坂本さん。健康保険証ではないですが、落とし物を預かってます」

「え？」

　ずっととっておいたものを、そっと差し出す。

　そこにあるのは、片方だけのワイヤレスイヤホンだ。坂本さんも、あ、と自分のものであるとすぐに気づく。坂本さんはあのとき、隣で音量を出して音楽を聴いていた男性から逃れるために、ワイヤレスイヤホンをつけていた。その場面を私は目にしている。

「すみません、暗かったので私物だと思い、回収していました」

　坂本さんが私の手のひらからイヤホンをつまみあげる。自分の抜けた歯だと思って間違って回収した、とまでは明かさない。退院した日に気づいたときには、我ながら呆れた。

「とっておいたの？　捨てずに？」

「なんだか捨てられませんでした。返せる日がきて、よかったです」

向こうにとって私の行動は生真面目すぎると映ったのだろう、坂本さんがまた笑いだす。一筋だけ涙が流れていたのは、気のせいかもしれない。エスカルゴをひとつ食べて、見ないフリをする。

「ありがとう。大事にする。もうなくさないようにする」

何かを実感するみたいに、坂本さんはワインを飲みほした。

「ヒーリング・コミュニティ?」

帰り際、坂本さんが耳慣れない単語とともに、ある話を聞かせてきた。それは私や坂本さんと同じく、あの脱線事故の被害者に関係する話だった。

「脱線事故の被害者たちで集まって、一緒に話そうっていうワークショップ。そういうのが開かれるみたいなの。名前のセンスがちょっと怪しくて敬遠してたんだけど、開催を呼び掛けてるひとが本当に同じ事故に遭ってるっぽかったから、一度行ってみようかなって」

坂本さんがSNSの投稿を見せてくる。プロフィールを見ると、心理カウンセリングを行っている男性のようで、名前は三位(みい)さんといった。『ヒーリング・コミュニティ』と題して投稿されたポストには、「脱線事故の被害者同士が集まり、語り合う会です」と、端的に会の内容が記されている。スレッドに紐づけられる形で、主宰者である三位さんの想いが綴られていた。一人で立ち向かわず、一緒に癒しあっていこうとか、そういう話だった。

「もしよかったら鈴鹿さんもどう？　興味があれば詳細送るけど。もちろん無理強いしないし、なんならあたしが試しに偵察に行ってきてもいいし」

あの事故の被害者たちはみんな、日常に回帰するための方法を探している。きっと坂本さんもそのひとり。だからこそ、区役所で血相を変えて必死に私を呼びとめた。同じ境遇のひととすごしたかったから。話をしたかったから。そしてこの主宰者の方のように、実際に行動に移そうとしているひともいる。

坂本さんと話す時間は確かに楽だった。ほかのひととの間にはない連帯感がある。だけど肝心なことはまだ話せていなかった。たとえば、事故をどう乗り越えようとしているかとか、トンネルに閉じ込められたときどんな気持ちだったかとか、病院でどんな風に過ごしたかとか。

「たぶんこういう場所でないと聞けなかったり、話せなかったりすることを、共有しあうんだと思う」

私の内心を読むみたいに、坂本さんが言った。

それで答えが決まった。

同じ脱線事故の被害者であり、心理カウンセラーでもある三位さん主宰によるワークショップ『ヒーリング・コミュニティ』は、今週末の土曜日に行われることになった。場所は隣の市の公民館を予定しているという。あまり遠い会場だと参加が難しいかもしれないと心配していたが、隣の市であればバスを使って向かうことができる。

坂本さんから紹介されたSNSのページから、参加者用の登録フォームのページに飛び、申し込みを済ませる。直後に登録したアドレスあてに連絡があり、参加日と場所が記載されていた。費用はかからないが、交通費などは自費だという。

申し込みをしたことを坂本さんに報告すると、当日一緒に向かおうということになった。電車移動はしばらくできそうにないので、バスになる、それでもよければと返す。すぐに問題ないと返事があった。あたしもまだ無理かもしれない、ともつづられていた。

電車に乗れないこと、それから部屋の明かりを消せないことをのぞけば、比較的いつもどおりの平日が過ぎていった。編集者から新たに送られてきた執筆記事のテーマと構成に基づいて初稿記事を作成。合わせて先週送った初稿の修正や微調整。生活をするための仕事が終われば、アトリエ部屋にこもって筆を持つ。キャンバスに描きかけの絵が置かれていたが、何を描こうとしていたか忘れてしまった。手だけは動かしていたいので、映画『小さな兵隊』のワンシーンをできるだけ思い出して、そのまま鉛筆で下描きを入れた。二度と持てないと思っていた鉛筆。パレット。絵の具と筆。

隅のテーブルの上には、仕事で制作途中の肖像画が一枚、丁寧に梱包されて置かれている。つい先月から始めたばかりの案件だ。クライアントは町の郊外の高台の住宅地に住まわれている酒造メーカーの元社長。清住(きよすみ)さんという七　歳の男性で、同じ街に住んでいるというよしみで仕事を依頼してくれた。

肖像画は何度か相手のもとに通いながら描いていく。基本的には相手に座ってじっと耐えてもらわなければならないので、体力面も配慮すると、一日のうちに長くて三時間程度。私の場合、ひとつの案件に最短でも三か月ほどはかかる。清住さんの案件は下描きが半分ほど終わっていて、現在は次の予定をメールで確認し、調整してもらっている最中だ。

動かしていた筆を止める頃には深夜になっていた。明かりをともしたまま床につく。ここ数日で、明るいなかでもしっかり眠れるようになった。事故の前に享受できていた安眠とそっくりそのまま同じというわけにはいかないが、最低限の疲れは取れていると思う。

雨の金曜日をはさんで、開催日の土曜日がやってくる。朝にはすでに止んでいて晴れ間が見えた。

待ち合わせ場所のバス停に坂本さんはすでにいた。私が遅れたことを謝る前に、謝らなくていいから、と笑いながら言ってきた。

地上から足が離れて、自分の足では出せない速度の乗り物に乗る。そういう共通点から、もしかしたらバスでも同じような発作が起こるのではないかと少し身構えていたが、幸いバスが動き出したあとも、体調に問題はなかった。私の内側の傷がうずき、支障をきたすようになるのは、やはり電車やそれに関連した場所に近づいたときなのかもしれない。

三〇分ほど揺られて、公民館の最寄りのバス停につく。地図アプリを見ながら、坂本さん先導で通りを進んでいく。通りはゆるやかな坂になっていた。近くに小学校があるのか、どこからかチャイムが聞こえた。

　坂をのぼりきった先に大きな公園と図書館があらわれ、その裏手に目的の公民館があった。

　自動ドアが開き、二人で館内へ入る。受付窓口のようなカウンターがあったが、なかの事務所内に人の気配はない。静まり返る室内で、空調設備の音だけが響いていた。梅雨が近づき、湿気を帯びていた体や服が、ほどよく乾いていく。

「ここで合ってるのかな?」

「だと思います。坂本さん、あれ」

　先に見つけた立て看板を指さす。階段の近くに設置されていて、『「ヒーリング・コミュニティ」一一時～　地下一階　第一会議室にて』と印字された紙がマグネットで貼り付けられていた。

　階段を下りると、地下一階には廊下をはさんで左右に二つずつ部屋があり、一番右手前にあるのが第一会議室だった。会議室の前に一階で見たのと同じ立て看板が設置されており、前方のドアが開放されていた。

「どうも」と、二人で入室すると、なかにいる男性がすぐに気づいて挨拶をしてくる。私と坂本さんは同時にお辞儀を返す。

「主宰者の三位です。今日はご参加ありがとうございます。お名前をお伺いしてもいいですか？」

申し込みをしていた鈴鹿です、坂本です、と端的に答えていく。三位さんはワイシャツにジーンズというシンプルな格好で、大きな青いフレームの眼鏡をしていること以外は、これといった派手な特徴のないひとだった。

三位さんはテーブルを隅に運び、椅子を中心部に持っていき、円形に並べている最中だった。私と坂本さんも手伝う。

数分後には、二〇席ほどの椅子で構成された円ができあがる。その光景は海外ドラマでたまに見かける、グループで行うカウンセリングのシーンを連想させた。サークルと呼んでいます、と三位さんは途中で説明してくれた。

サークルが完成してすぐ、ほかの参加者がぞくぞくとやってきた。同じ車両で見かけた覚えのある顔が多かった。ハットをかぶったお年寄りの男性に、大学生くらいの青年。

そして病院で見かけた、あの親子もいた。何かを二人でこそこそと話し、笑っている。笑ってはいるものの、少年は元気いっぱいというわけではなく、少し疲れたような様子だった。ちなみに、病院内で少年に話しかけていたあの男性の姿はなかった。

「そろそろ始めましょうか」

開けていたドアを閉めて、三位さんが席につく。私たちもそれに続く。席の場所は決まっておらず、各々が自由に腰を下ろしていった。するとひとつだけ席が空いていることに気づいた。遅れているひとがいるのかもしれない。

「本日はお集まりいただき、ありがとうございます。突然の開催や呼びかけ、それから怪しい名前のワークショップにもかかわらず、お越しいただけて光栄です」

怪しい名前、という部分で笑いが起こる。

「何しろぼくのネーミングセンスが壊滅的でして。ワークショップの名称はとりあえず仮ということで、何か響きが良いものがあれば変えるので、アイデアなどぜひくださいい。そのあたりも、一緒につくっていけると嬉しいです」

三位さんが続ける。

「ということであらためまして、主宰者の三位と申します。職業は心療内科医で、おもに心理カウンセリングを行っています。知見などを生かし、みなさまのお役に立ちつつ、同じ事故や恐怖を経験したものとして、ぼく自身も一緒に回復していきたいと思っています。本日はどうぞよろしくお願いします」

拍手が起こる。緊張していた空気が徐々にほどけ、緩和していくのがわかる。参加者たちに、まわりを見渡す余裕が生まれていく。

三位さんの自己紹介を皮切りに、彼から時計回りで自己紹介が進んでいくことになった。私は最後のほうで、どんなことを言えばいいのか考えながら、意識半分でほかのひとの自己紹介を聞いていた。

自己紹介が順当に進んでいく。途中で何を言ったらいいかわからないという顔をするひとには、三位さんが適度に質問をして進めていた。

閉めていたドアがノックされたのは、サークルの半分まで自己紹介が済んだときだった。

ドアが開いて、そのひとがあらわれる。視線を向けると同時に、私のなかの時間と意識と、考えていたあらゆることがまとめて吹き飛んだ。

彼の顔と、その姿を見て、直観的にわかった。

声を聞くよりも先に、理解した。

「遅れてすみません」

低く、安定した重さ。

温かく、穏やかに響く声。

歩幅の大きな歩き方と、そのシルエット。暗闇のなかでとらえていたあの姿と、重なる。

彼から目が離せなくなる。

「ちょうどよかった。自己紹介をしていた最中なんです。席に座るついでに、お願いできますか?」

彼がサークルの空いていた席の、最後の一つを埋める。ぺこぺこ、と何度か頭を下げながら、挨拶をする。

「渡良瀬です。渡良瀬景と申します。ひとりではないと知りたくて、ここにきました」

正直な告白に対する少しの笑いと、やさしい微笑みが彼を迎え入れる。ここはこれ以上にない場所になるはずです、と三位さんが添える。

彼が席につき、自己紹介がそのまま続く。もうほかのひとの声は入ってこなかった。

隣に座る坂本さんにちょんと、小突かれて、自分の番だと理解する。そっと立ち上がる。私は彼だけを見る。どう伝えたらいいだろう。どう言って、気づいてもらえたらいいだろう。普通に名乗ればいいのだ。

その瞬間、彼と目が合う。

「鈴鹿真結です。苗字は鈴鹿サーキットの、鈴鹿という字です」

彼が私に気づいた。ぽかんと口を開けて、明らかにほかの参加者とは違う反応を見せている。ともに乗り越えた暗闇。過ごした時間。いくつもの記憶とやり取りが、よぎっていく。

次に何を伝えよう。まずはどこから始めよう。

あふれるものをおさえて、精一杯、笑みだけ浮かべるようにして、私はこう添えた。

「はじめまして。よろしくお願いします」

3　あなたを描くたび、あなたに触れている気持ちになる。

　上京祝い、と言って母がくれた包みに入っていたのは、赤色の折りたたみ傘だった。

「お父さんと二人で選んだの。日傘にもなって便利よ。あとそれね、すごく頑丈なの。骨組が凄いんだって。台風の日にさしても大丈夫。サイズも普通より少し大きい。でも軽い」

　引っ越し作業が落ちつき、付き添ってくれた母を駅まで送っていく途中で喫茶店に立ち寄っていた。『喫茶ぺーぱー・むーん』という名前の、入った瞬間から雰囲気が好みに合うと感じた店で、これから何度か通う未来が早くも見えていた（実際そうなった）。

「台風の日は外にでないよ」

「でないといけない日もあるでしょ」

　母が続ける。

「真結は大事な日に、いつも雨が降るから」

　これまでのすべての入学式と卒業式、遠足や修学旅行、家族との旅行、友達との遠出、親戚の結婚式がすべて雨だったのを、母は私のせいにする。私もそんな気がしている。世の中にはこういう運命をたどり続けるひともいる。大事な日の空にはいつも、太陽はさしていない。

　窓の外を見ると、しかし今日はよく晴れていた。大学進学のための上京という大きなイベントで、私の引っ越しの荷物はまだひとつも濡れずに済んでいる。

「今日は平気じゃん」

「そうでもないかも」

　母がいたずらを思いついたような笑みを浮かべて、窓とは反対の、壁のほうを指さす。

　そこにスクリーンがかかっていて、何かの映画が上映されていた。スーツの男が大雨のなかで踊り、歌っている。誰もが一度は聴いたことのある歌だった。雨が降り続いても、というより雨が降り続いているからこそ、男は陽気に歌い続けていた。大事な日にはいつも雨が降る。

注文していたブレンドコーヒーと、ケーキがやってくる。母はチーズケーキで、私はチョコレートケーキ。一口ずつ交換しあって、味の品評をした。軽い空気のなかで、さらりと母が質問してきた。

「大学はいつから？」

「来週。バイトはその三日前から」ケーキを食べながら答えた。

「自信を持って過ごすのよ。根拠はあってもなくても別にいいから、とにかく自信を持っておくの」

「なにそれ」

「自信があるだけで、そのひとの存在が少しだけ濃く見えるから。姿勢とか顔つきとか、変わるのよ。そういうのって、きっと大事」

私が自信なさそうに見えるというのを、暗に伝えようとしているのか。実際にそうではあるけど。自覚はしているけど。もしくは、単純に母にいま自信がなくて、私を壁か何かに置き換えて語っているだけかもしれない。

先にケーキを食べ終えた母は、かけたばかりのパーマの毛先をいじりながら、こう続けた。

「美大はとても素敵なところだと思うけど、備えも忘れないようにね」

チョコレートケーキの、最後の一口を運ぼうとしていた手を止めて、私は横の椅子に置いたばかりの折りたたみ傘を見る。

「……備えって？」

「望んでいた道にたどりつけなかったときの備えよ。準備しておくに越したことはないでしょ。資格を取るでも、インターンシップにいくでも、なんでもいいから。社会に役立つようなやつ」

「絵の仕事は社会に役立たないってこと？」

「そうは言ってない」

「さっきは自信を持てとか言ってたくせに」

「あれは心構えの話よ」

ぴり、と空気が少し張りついて、お互いにそれ以上、踏み込むのをやめる。うちの家族は喧嘩が下手だ。家族というよりは家系かもしれない。衝突と、それに伴う再生にかかる体力が、ひとよりも多く奪われることを本能的に知っていて、だから避けている。

美大に行くことに反対はされなかった。絵の仕事につきたいと明かしたときも、際に引っ越しを手伝ってくれたり、心配はしてくれたりするけれど、応援するよ嫌な顔ひとつされなかった。けれど同時に、賛成されたこともない。こうして実うなそぶりを見せてくれたことは、一度もない。それを実感するたび、私は荒野を一人で歩いている気持ちになる。そこに雨は降らない。

　コーヒーを飲みほし、伝票と傘をつかむ。

「傘、ありがとう。駅まで送ってく。そろそろ帰っておかないと、到着するころには夜になっちゃうよ」

　母は何か言いかけたが、私が席を立ったのを見て、同意するように小さくうなずいた。店を出ると、空が少し曇りだしていた。

　次に両親に会ったのは夏休みに入ってからだった。その次は正月で、その年の夏休みには帰らなかった。会う頻度はまったくなくなったわけではなかったけど、それでも年を経るごとに少しずつ減っていった。会うたびに、両親の目に私が自信を持って生きているように見えているかどうかはわからない。そしていまにいたるまで、母がこの町にきたことはない。

　もらった赤の傘は、いまも常に持ち歩くようにしている。

自分を好きになれた出来事というものが、そもそもあまりない。よくやったぞ、よく果たすことができた、よくそれを決めることができた、と褒めてあげた経験があまりにも少ない。思い出せることといえば、自分の決断で美大に進んだことと、その流れで上京し、一人暮らしができたこと。卒業制作の展覧会に勇気を出して現地に参加し、仕事の話をもらえたこと。

好きになれる部分が少ない自分自身だけど、今日、このカウンセリングに参加した自分だけは、心の底から抱きしめてあげたかった。

もし坂本さんからの誘いを断り、ここで渡良瀬さんと再会できていなかった未来を選んでいたらと思うと、体が冷たくなる。

「私はここにいる息子と乗っていました。あの日は雨だったのを覚えてます」

参加者は事故の出来事や記憶のことを、挙手制で語りあかしていく。手を挙げるものがいなければ主宰者兼カウンセラー兼進行役の三位さんがそっと発言を促す予定だった。先陣を切ったのは、事故当時に私の向かいの席に座っていた（いまもほぼ対角線上の位置に座っている）あの母親だった。病院でもみかけた親子。自己紹介のとき、母親は一条（いちじょう）と名乗っていた。

「私も息子も傘を持っていなくて、服がいくらか濡れました。乾かしていると、女性の方が私と息子が座れるように席を空けてくれたので、座ったんです」

一条さんが続ける。息子のほうは足をぷらぷらと投げ出してみたり、あたりをきょろきょろ見回してみたりと、落ち着きがない。誰かと目が合えばそらすという行為を、繰り返しているようだった。

「そこから先の記憶が途切れて、その、ええと――」

「無理せず」

進行の三位さんが記憶の反復のペースを落とすよう、一条さんに語りかける。息子の前で取り乱す姿を見せまいと、深呼吸をして立て直そうとする。その間を使って私はまた、渡良瀬さんのほうをちらりと見る。席の位置の関係で、どうしても親子のほうと無関係の方向に視線を向けざるを得ない。話が再開されればすぐにでも顔を戻す準備をしていた。

そこで彼と目があった。いつから私を見ていたのか、もしくはまったくの偶然か、あるいは彼も私を見ようとしてたったいま、視線を向けてくれていたのか。彼はそこにいる。確かにいる。私が見た幻影などではなかった。私の弱さがつくりだした男性などではなかった。あのトンネルのなかで同じ時間を過ごし、いま、無事な姿でここにいる。

一条さんが話を再開させる。視線と意識を戻したい。彼がそらしたら私も戻ろう。そう決めて見つめ続ける。たまにまばたきをしたり、視線をずらしたりしながら、戻る場所はいつも彼の顔。まだ目をそらさない。どこまでこれを続けていられるか、お互いに試しているような気持ちになる。普段の私なら注意されて周囲の視線がこちらに向くのが怖くて、とっくにやめている。だけど相手は彼だった。まだ目をそらさない。

別の参加者の話がはじまる。一条さんよりは、渡良瀬さんに近い位置に座っていた青年だった。同じ車両にいた子だ。名前が思い出せない。参加者は二〇名以上いて、全員をすぐに覚えるのは無理だった。

「ぼくは友人と帰宅途中でした。大学での講義が休講になって、それで少し遊びにいこうとしてて。友人とはあれ以来連絡が取れていません。一緒に救出されたのは知っていますが、ぼくと話すと事故を思い出すのかもしれません」

明かりのもとにさらされた渡良瀬さんは、声の印象通りの端整な顔つきをしていた。目もとや眉、鼻立ち、耳の形など、一つひとつのつくりが、なんだかとても丁寧でくっきりしている。神様がほかのひとより時間と手間をかけて、このひとをつくったのかもしれない。

　ふと、渡良瀬さんもまた、同じ時間をかけてじっくりと私を見ているだろうことに、いまさら気づく。化粧は最小限で済ませてしまった。どこかおかしなところはないだろうか。前髪の位置は？　目の下にクマはついていないか？　口の端に家で済ませた昼食の残骸がついていないか？　意識すると急に恥ずかしくなって、とうとう私は目をそらした。

「鈴鹿さん？」

　進行の三位さんに声をかけられたのはほぼ同時だった。

「大丈夫ですか？　どうか無理せず。具合が悪ければ途中で退席していただいても、まったく問題ございません」

　顔をうつむかせたことで、体調を崩していると勘違いされていた。いえ大丈夫です、咳が出そうになっただけで、平気です。そんな風にすぐに返せればよかったが、注目を浴びた恥ずかしさが勝ってしまい、「大丈夫です……」としぼんでいくような声だけがでた。

　私のせいで空いた間を、三位さんがすぐに埋める。ほかに記憶や出来事、感情を共有したいひとはいないかと、発言を促す。お年寄りの男性がゆっくりと手をあげた。同じ車両に乗っていた男性で、さっき発言した青年に席をゆずってもらっていた場面を覚えている。

「彼と同じ車両に乗っていて、席をゆずってもらったんです。それが嬉しくて、とてもよく覚えています」お年寄りの男性が青年を指して言う。青年は恥ずかしそうに笑ってうなずく。

私は自分が空けてしまったさっきの間について、心のなかで勝手に渡良瀬さんを責めた。なんだかそうしたい気持ちだった。

彼をちらりと見ると、また目が合う。からかうように微笑んでいた。


「こちらのワークショップは、来週も同じくらいの時間に行う予定です。基本的には人が集まる限りは毎週行う予定ですので、ご都合の合う方はお越しください。もちろん、参加者からの開催日時に関する要望があれば検討いたします。一緒に調整していければうれしいです。本日はありがとうございました」

三位さんの挨拶があり、拍手に包まれたあと、各自座っていた椅子を自分で片付けて、解散となる。ワークショップ中に発言できなかった女性のひとりが三位さんに近づき、話をしていた。そのほかにも残って話を始める参加者たちがいる。一緒にきた坂本さんもその輪の一つに加わっていた。

自分も残って参加するべきだろうかと迷っていると、室内から出ていく参加者の列に、渡良瀬さんが混ざっていた。追いかける。その前に坂本さんにお礼と挨拶を残す。

「今日はありがとうございました。来てよかったです」

「ああ、鈴鹿さん。あたしここのひとたちといまからお茶に行く予定だけど、あなたはどうする？」

「私は大丈夫です。ほかに用事があって」

「また来週もくる？」

「その予定です」

「じゃあ、また来週ね」

早足で部屋を出る。階段の踊り場で待っていてくれていないかと想像したが、彼はいなかった。一階にあがり、そこにも姿が見えなくて、ロビーをぬけてとうとう外に出る。

見まわしていると、「鈴鹿さん」と後ろから声がかかった。トンネルのなかで私を呼んでいたあの声だった。

「渡良瀬さん」

「どうも。すみません、待ち伏せのようなことをして」

「いえ」

「賑やかな場所は、あまり得意ではなくて。ワークショップのように秩序立てられた空間であれば大丈夫なのですが」

「解散したあと、急に賑やかになりましたもんね」

「そうなんです」

彼はたぶん、場所に合わせて声を張り上げたりする種類の人ではないだろう。どの道ワークショップが解散したあとの部屋では、彼の声は聞き取れなかったかもしれない。

「ずっと気になっていたんです。あのあと、鈴鹿さんがどうなったのか」

「私も、渡良瀬さんのことを入院してる病院で問い合わせました」

「鈴鹿さんはいなかったので、入院しているかもしれない他の病院のリストを口頭で教えてもらい、急いでメモをしました」

同じだ。彼と私の行動が特別なものなのか、もしくは同じ事故に遭遇した知り合いを問い合わせるとかで、そういうケースがよくあるのかは分からない。

「私もです。主治医からメモをもらいました」

「だけどなかなか電話もかけられず」

私もうなずく。相手がまだ入院しているかもしれないし、自分と同じように健康でいる保証はないから。私たちは思いやって、離れあっていた。

そしてやっと話せた。こうして、目の前にいる。

「鈴鹿さん」

「はい」

「もしよければどこかで落ち着いて話しませんか？」

「私もそう提案しようと思っていました。ワークショップを終えたほかの参加者たちも、どこかで集まって話をするそうです」

私たちも二人でそうする。彼がうなずいて、ジャケットのポケットからスマートフォンを取り出す。近くのカフェを探そうとしてくれているのだろう。私は小さく手をあげた。

「良ければ私の行きつけのカフェがあるのですが、どうでしょう？」

「……映画を流してくれるカフェ？」

「そうです」

トンネルのなかで話していたことを、覚えてくれていたらしい。私はちゃんと彼から聞いた内容を覚えているだろうか。彼と同じ量で、あの日を記憶できているだろうか。

カフェでは、それを確かめる時間にすればいい。

「ぜひご案内いただきたいです」

「ではいきましょう」

私たちは大通りにでて、そのままバスに乗る。車内は下校中の中学生たちでにぎわっていた。私たちはほとんど会話をせず、一緒に並んで吊革を握った。渡良瀬さんも今日はバスで来たらしい。私や渡良瀬さんに限らず、今日のワークショップに参加していたほとんどのひとは、あれからまともに電車に乗れていないそうだ。

元来た道を引き返し、行きよりも早く最寄りのバス停につく。降りてカフェを目指しながら、渡良瀬さんの居住地を尋ねる。ここからさらに十数分ほどバスに揺られた場所にあるらしい。電車の駅でいうと、ちょうど一駅先だった。渡良瀬さんからすると、途中下車をさせた格好になる。

寄り道させていることを私が謝るより先に、彼は途中でさしかかったアーケードの商店街の感想を明かした。

「近くにあるのは知っていたし、何度か立ち寄りはしましたが、ゆっくり歩くのは初めてです。とても素敵な場所ですね」

自分の住む街を褒められてうれしくなったのは、人生で初めてだった。

今日に限ってカフェが閉まっていることはないかと心配になりかけて、ちょうど店の前につく。営業中を知らせる看板がしっかりと立っていた。『喫茶ぺーぱー・むーん』。映画の名前から取ったんですね、と彼はすぐに理解した。

いつものマスターといつものアルバイト青年が迎える。私がひとと一緒にきたことに、二人とも一瞬だけ反応するような顔をした。

いつもの席に渡良瀬さんと座る。ソファ側に座るよう、彼が誘導してくる。荷物を置いている場所に彼が座って、私の日常に新しい景色が生まれる。

渡良瀬さんが私と同じものを注文するというので、青年を呼び、ブレンドを二つ頼んだ。

コーヒーを待っている間、渡良瀬さんは背もたれに肘を置き、半分体をよじる体勢で、壁にかかったスクリーンに流れる映画を観ていた。スクリーンのなかでは、男がたくさんの靴をブロック塀の上に並べているところだった。

「『パリ、テキサス』ですね。好きな映画のひとつです」

「私も観たことがあります。この店で」

「同じ映画も何度か流すのですね、素晴らしい。『パリ、テキサス』はライ・クーダーというアーティストが音楽を担当していて、彼の奏でるギターがとても印象的ですね」

言われてみると、何度か同じメロディが流れていた気がする。音楽をことさら意識したことはなかった。

「映画のサウンドトラックを聴くのが好きなんです。気に入った映画のものはだいたい買うし、知らない映画のサウンドトラックを買うこともあります。音楽を聴いてから観にいくことも」

「私には新鮮な視点です。何か音楽は自分でするんですか?」

「いえ、まったくできません。ピアノは弾けそうだとよく言われます。言われるだけで、いつも損です。実際に弾ければよかったんですが」

「弾いてるところは、確かに見てみたいですね」

雑談。何気ない会話。あの暗闇のなかで行っていたことを、まるで再現しているみたいだった。だけど不思議と恐怖はない。発作が起こることもない。何もかも絶望的だった状況のなかで、彼と話した時間だけは、温かかったから。

マスターがやってきて、コーヒーを二杯置いていく。いつも軽く会話をしてくれるのだが、今日はなかった。気を遣わせてしまっているかもしれない。

お互い一口ずつ飲んで、整うように息をつく。再びマスターがやってきて、今度はチーズケーキとチョコレートケーキを置いた。にこりと笑い、サービスだと理解する。やはり気を遣わせてしまっていた。二人でお礼を伝えると、マスターは何も言わずに去って行った。

そして私は、届けたくて仕方なかった言葉を、ようやく伝える。

「渡良瀬さんのおかげで、無事に助かることができました。本当にありがとうございました」

渡良瀬さんが小さく笑う。

「とんでもない。僕もあなたにずっとお礼を言いたかった。あなたとあそこにいて、どれだけ勇気づけられたか。僕はあまり感情を表に出すのが得意ではありませんが、本当に、心の底から感謝しているんです」

「いえ。何から何まで、私の台詞です」

「確かに、お互い感情を表に出すのは苦手そうですね」

摘まなくても良い部分を摘む。彼の冗談だった。笑うつもりはなかったが、結局、一緒になって笑った。もっとちゃんと感謝を伝えたいのに、彼はそれを素直には受け取ってくれない。たぶん、繰り返してもまた、同じようにまたはぐらかされてしまうのだろう。

「僕たちは対等です。僕たちはあそこで励まし合い、そして一緒に助かり、いまこうして同じコーヒーを飲んで、映画を観ているんです」

「……わかりました。対等です」

コーヒーをもう一口飲む。カチャ、とソーサーに置く音が重なる。映画のなかでは主人公が、息子と出かけるためにおめかしをしている。

渡良瀬さんはケーキをひとかけら口に運んだあと、ワークショップのことを話し始めた。

「ほかの参加者のみなさんと同じように、電車に乗ることができなくなりました。暗いところも少し苦手になっているようです。そういった傷をなんとか回復できないかと思って、医者を探してたところに、三位さんの投稿を見かけたんです。同じ事故にあったみなさんの言葉も、聞いてみたかった。あなたがいて、とても驚きました」

　私も経緯を共有した。坂本さんに偶然出会ったこと。彼女からワークショップの存在を明かされたこと。誘われて、一緒にあそこに行ったこと。そして、部屋の明かりをまったく消せなくなってしまったことも。

「では、僕たちはまだ励まし合っている途中ということですね」

「そうかもしれません」

　渡良瀬さんと話していたい。また会いたい。同じ時間を過ごしたい。繋がりをこのまま、できれば絶ちたくない。向こうも同じ気持ちでいてくれているのかもしれないと、その提案が嬉しくなる。私たちは、まだ励まし合っている途中だ。ごっこでも、こじつけでも、芝居でも、大義名分でも何でもいい。とにかく会える理由があればいい。

「また一緒に、励まし合ってもらえますか？」私は訊いた。

「もちろんです」

　一緒に日常に帰りましょう。彼はそう言った。

渡良瀬さんと再会してから最初の朝がくる。私の一週間がまた始まる。部屋の明かりはいまだにつけっぱなしだ。彼と話せたからといって、急に何もかもが元に戻り救われるわけじゃない。彼は神様なんかではなく、対等な人間だ。人間で、男性だ。

週のはじめはライターの仕事に没頭した。記事の執筆や修正を部屋やカフェで行った。編集から指示された記事のテーマやプロットはどれも以前書いたものと似ていて、というかほとんど同じで、そこが少し苦戦した。

水曜日になって渡良瀬さんからメッセージがきた。土曜日のワークショップは予定通り行けそうです、とシンプルな内容だった。こちらも行けそうです、と短く返す。そっけないかな、などと心配する必要がないのが、彼とのやり取りで楽なところだ。実際に顔を見て話したのはあの日だけなのに、私はもう彼のことをわかった気でいる。ずいぶん長く、お互いのことを知っているような気がする。見えないまま交わした暗闇での会話で、私たちはずいぶんと、お互いをさらけだしていたから。

週の後半も穏やかに過ごした。ライターの仕事のほかに、肖像画のほうの仕事が少し進展した。以前から進めていた酒造メーカーの元社長である清住さんからメールの返信があった。近日中に日程を空けられる、とのことだった。趣味で使い過ぎた絵の具を調達しなおしておかなければならない。あれを買おう、あとあれも、と考えて、心が躍るのを感じる。ライターの仕事に魅力を感じないわけではないが、一番自分がここにいることを認識できるのは、やはり絵の仕事だった。ライターは体を生かすための仕事で、肖像画は心を生かすための仕事だ。

気分がよくなって、買い物を済ませる。スーパーでは食料品を、ドラッグストアでは日用品を買い込んだ。それぞれ常連になっている店で、理由はセルフレジがあるからだ。セルフレジの列はいつも空いているし、個人的にはとても楽だ。

買い物は日常に帰るための訓練といってもいいかもしれない。生活に必要なものをそろえ続けるという行為。けれどやはりまだ、影がさす。ドラッグストアではいつもの日用品のほかに、部屋の明かりがいつ切れても交換できるように蛍光灯をいくつかと、停電にそなえて災害用のランプを三つも買ってしまった。電池も少し買い過ぎて、帰りの道のりが大変だった。そうだ、自転車を買おう。なんとなく、アニメにでてくるような真っ赤な自転車が欲しくなった。

買い物をしすぎました、と渡良瀬さんに意味のないメッセージを送る。寝る前には返ってきて、僕もです、とあった。何を買ったかは教えてくれなかった。

ワークショップ当日は、一人で公民館へ向かった。坂本さんと待ち合わせる予定だったが、遅刻するので先に行ってほしいとのことだった。渡良瀬さんと待ち合わせをする未来はあるのかな、と想像しながらバスに揺られているうち、目的地につく。

住宅街を抜け、坂をあがった先に公園と図書館があらわれる。裏手にまわりこみ、そのまま公民館へ。もとは白かったであろう外壁を一瞥して、なかに入る。ロビーの前には今日も立て看板があった。先週と変化しているのはワークショップの名前だった。

『乗り換え駅（旧：ヒーリング・コミュニティ）一三時〜　地下一階にて』

参加者から意見をつのって変えたのだろう。ヒーリング・コミュニティほど直接的ではなくなったかわりに、少し抽象的になってしまった気がする。言わんとしていることはなんとなくわかるし、ヒーリング・コミュニティよりはマシであることに変わりはないが。

地下に下りると、先週と同じ会議室にみんなが集まっていた。椅子のサークルをつくりながら、各々で談笑をしている。渡良瀬さんもすでにいた。横で椅子を並べている男性と雑談していた。私が入ると、気づいて会釈をしてくる。私も返す。最後のほうだったようで、それからすぐにワークショップが始まった。坂本さんは一番最後にやってきて、散歩していた犬が逃げて追いかけて遅れたという話を披露し、みんなを笑わせた。

三位さんが進行を始める。

「お気づきの方もすでにいると思いますが、何名かからご意見をいただき、ワークショップの名前を変えました。『乗り換え駅』という、少しひねった名前になります。ぼくたちは脱線した列車から、日常に戻るための列車に乗り換えをしている最中だという意味をこめて、この名前に決めました」

想像していた通りの意味だった。異論はとくにあがらず、このワークショップ、あるいはカウンセリングの名前は正式に『乗り換え駅』となった。心のなかで唱えれば唱えるほど、微妙な感じがしてくる。ひねり過ぎだし、気取っている感じもする。もう考えるのはやめた。

会のふざけた名前に反して、カウンセリングは今日も真面目に、しかし堅くなり過ぎず、粛々と行われた。おもに先週はいなかった新しい参加者の自己紹介と、先週発言できなかった参加者が思いや不安を吐露する時間になった。

聞きながら、私は別に自分のことを話したいわけではないのだな、と気づいた。

ただ、ほかのひとの話は聞いていたい。同じ境遇にあったひとの話を聞いて、ひとりではないと安心したい。先週は渡良瀬さんに意識を引っ張られてしまったので、今日はまともに色々なひとの話を丁寧に聞くことができた。おかげで人の名前もいくらか覚えられた。おしゃれな帽子をかぶってやってくるお爺ちゃんの名前は家入さんで、そんな家入さんに席をゆずった青年は内海くんという。親子連れの一条さんは今日は参加していなかった。坂本さんはさっき話した飼い犬のエピソードが盛り上がったことで気をよくしたのか、再び飼い犬の話を披露した。散歩をしているときが、一番事故のことから意識が離れられるのだという。

一時間半ほどで会が終わり、解散となる。今日は軽食が用意されていた。話したりないひとは、残って雑談ができる。渡良瀬さんと目が合い、私たちはそっと部屋を出た。

階段をあがりながら、二人で会話する。穏やかな空気と口調。

「今日もカフェに行きますか?」私が訊く。どうも、とか挨拶くらいは挟んでおくべきだったかもと思ったが、すぐに返ってきた。

「鈴鹿さんがよければぜひ。僕もあそこを気に入りました。ですが、鈴鹿さんのパーソナルな場所にお邪魔していないかと少し心配です」

「そんなことはありません。心地よさは、変わりません」

「それはよかった」

公民館を出て、バス停に向かう。バスがちょうどやってくるところで、二人で走って乗り込んだ。車内をきょろきょろと見回したあと、渡良瀬さんが少しだけ私のほうによって、小声で言ってきた。

「ダサいですよね？」

「はい？」

「あの会の名前、ダサくないですか？　ダサいですよね？　もしかして僕だけでしょうか？　できれば口にしたくないのですが。僕、『乗り換え駅』に参加してますとか、意味わからないですよ」

渡良瀬さんは本当に絶望的な顔をしていた。本気の口調で、ダサい、などと砕け表現を使うのも可笑しかった。公民館の階段で会話していたときに穏やかだったあの態度も、無理をしていたのかと思うと、余計に面白かった。

こらえようとしたが、だめだった。声を出さないように笑うのが苦しかった。ツボに入ってしばらく戻ってこられなかった。渡良瀬さんも自分の可笑しさに気づいたのか、もしくは私につられたのか、最後には一緒に笑った。

店内で上映されていたのは『ニーチェの馬』という、タル・ベーラ監督によるハンガリー映画だった。モノクロの映像で、親子が古びた家屋のなかで蒸したジャガイモを食べている。うっすらと外で吹く暴風の音が聞こえてくる。

私たちが入店したときにちょうど外が曇り始めていて、まわりも薄暗くなり、映画と現実が一体化していくような妙な心地を覚えた。

映画の主人公たちは変わらない日々のなか、農作業など、食べて生きるための作業に徹している。それを観ながらいつものコーヒーと、それから今日もサービスでいただいてしまったチーズケーキとチョコレートケーキを楽しみながら、仕事の話題になった。

「僕のほうは少しずつではありますが、徐々に復帰を目指しているところです。介護福祉士は体力も使う仕事なので、まずは自分の回復を優先させています。といっても、日常生活はもうほとんどできるのですが」

「事故のことは職場に報告したのですか?」

「一応。とはいってもあまり心配されませんでした。風邪でも引いたときみたいに、ああゆっくり休んでね、とか言われるだけで」

「私はそのほうが楽かもしれません」

「確かに大げさに驚かれるよりは、こちらとしてはありがたいですね」

私は事故のことをまだ明かしていない。タイミングも逸して、たぶんこの先も編集に伝えることはないだろうと思う。渡良瀬さんに言うと、それも対処法の一つだと思います、と肯定してくれた。このひとが物事を否定するのはきっと、カウンセリングの会の名称があまりにも不似合いなときだけだろう。

「絵の仕事のほうはどうですか？」

「覚えていてくれたんですね」

「肖像画の話は、興味深かったので」

私は一つ案件が再開されそうなことを伝える。酒造メーカーの元社長である清住さん。日本家屋と庭園を持っていて、すでに二度ほどお邪魔している。

「肖像画というのは、何日かかけて描いていくものなのですね」

「鉛筆や炭をつかった下描きがあり、それから絵の具を乗せての本番、出来上がったあとは乾くまでに時間がかかります。各工程ごとに日数もとられたり、先方との予定も合わせたりするので、三か月以上かかることも」

「それまで通い続けるのですか？」

「私の場合は下描きまでで、あとは自分の記憶を頼りに絵の具を乗せます。人によっては記憶するのに時間がかかって、絵の具を乗せるところまで本人のもとへ通うことがあります。ひとによってまちまちです」

「記憶に時間がかかるというのは？」

「顔の形や肌の色、シワの数などはひとそれぞれですから。記憶がすんなりいく場合と、そうでない場合があります」

ふふ、と渡良瀬さんが小さく笑う。意図がわからないでいると、彼がこう弁解した。

「ライターの仕事を説明しているときとは、やはり口調も表情も違うな、と思いまして」

「そんなに違いますか」

「ええ、違います。とても」

自分では意識していなかった。確かに口数は増えていたかもしれないが、表情や声色にまで出ている自覚はなかった。誰かにそれを指摘されたのも、初めてだった。

「やはり絵を描くのは、特別なんですね」

「……つい昨日、ちょうどそのことについて考えてました。ライターの仕事はそれなりにやりがいもあって、頼りにされているのもうれしいです。けれどあくまで、私にとっては生活するために必要な作業だなと。でも肖像画の仕事は、きっと、私が私でいることを確かめるための作業でもあります」

ぽつ、とそのとき、背後の窓に水滴が当たる。雨が降りだそうとしていた。私はあの列車の車窓を一瞬だけ、思い出す。

「私は自分があまり好きになれたことがありません。でも、絵を描いているときは、ほんの少しだけそういう気持ちから、解放されます」

渡良瀬さんは黙って私の話を聞いてくれていた。

少しの間が空いて、やがて意外な言葉が返ってきた。

「たとえば、僕を描いた場合は、どれくらいかかるのでしょうか」

「……渡良瀬さんを？」

わからない。すぐには想像できない。いままでの人たちと同じくらいの日数がかかるのか、それとも特別な時間をかけて完成するのか。

答えに窮していると、渡良瀬さんがさらに続けた。

「よければ仕事を依頼させてもらえませんか？　僕の肖像画を、ぜひ描いていただきたい」

「……か、からかってますか？」

「いえ、本気です。鈴鹿さんの描く僕がどんな姿をしているのか、とても興味があります。自分を客観的にみられる貴重な機会でもあります。予定はもちろん合わせます」

「本当に、仕事の依頼なんですか」

渡良瀬さんはうなずく。混乱する私を前に、優雅にコーヒーを一口する。もし彼の意にそぐわない絵を描いてしまったらどうしよう。『乗り換え駅』のネーミングに絶望したときのような顔を私にまで向けられたら、どうしよう。

コーヒーを飲んでひとまず答えから逃げていると、彼は言ってきた。

「僕も、ここに自分がいるという実感が、欲しいのかもしれません。誰かに見てもらっている自分が、確かに存在していることを、知りたいんだと思う」

私たちは同じ事故の被害者で、同じ悲劇から立ち直ろうとしている。そしてそれ以上の、強い絆がある。同じ危機に同じ場所で、私たちは二人で戦った。

そんな彼の願いに、応えないわけにはいかなかった。

「わかりました。お受けします。多少時間がかかるかもしれません。長時間同じ体勢で座ってもらうので、負担をかけるかもしれませんが、それでもよければお受けします」

「大丈夫です。同じ体勢でいるのは得意です」

彼の冗談に、笑う。詳細は後日、メッセージでやり取りをすることになった。

話が済むと、ちょうど映画も終わり、店内の照明が少しだけ明るくなる。コーヒーのカップをみると、お互いに空だった。時間もほどよい頃になり、私たちは店を後にすることにした。

外は本降りの雨になっていた。二人とも傘を持っていなかった。いつもカバンに入れているはずの赤の折りたたみ傘も、今日に限って持ってきていなかった。店を出たのはいいものの、早くも出入口で立ち往生してしまう。

傘をくれたときの母の言葉がよぎる。大事な日には、いつも雨が降る。

ひさしから垂れる雨粒を見ながら、思わずつぶやく。

「発作が起こるのでしょうか」

「え？」

「列車事故の日も、雨が降っていました。あの日を想起させるような、この雨に触れたら、私はほかの出来事と同様に発作が起こるのでしょうか」

私は続ける。

「大事な日にはいつも雨が降るって、母に言われたことがあります。雨女というやつですね。事実、そうなんです。これから先も、きっとたくさんの雨が私のところに降ってくる」

渡良瀬さんは答えない。いや、私が聞こえていないだけかもしれない。雨音に耳が支配されていた。

通りの水たまりにできるいくつもの輪を見つめる。広がっては消えていき、雨が落ちてまた生まれる。

その水たまりを、ばしゃん、と勢いよく渡良瀬さんが踏んだところで、我に返った。思わず顔を上げると、彼が走り出していくところだった。

「わ、渡良瀬さん？」

「気持ちいいですよ」

それほど張り上げていないのに、彼の声はよく耳に届いた。渡良瀬さんは挑むような笑みを向けながら、どんどん遠ざかっていく。

たまらず私も、走り出していた。傘もささず、一瞬で髪や服がぬれていく。頰や額にぴしゃぴしゃと滴が当たる。六月の湿気を帯びた空気が風とともに通り過ぎていく。高校生のときですらしたことのないような暴挙だった。

私が追いついても、彼は走るのをやめなかった。励まし合う。そんな単語を思い出す。これもその一部だろうか。もしくはさっき言っていた、「自分が確かにここにいることを実感する」ための行為なのだろうか。それにしても、思った以上に、無茶をするひとだった。

そのまま二人で通りを駆ける。傘をさした通行人が何人か私たちを見た。彼は穏やかに笑っていた。それを見るとなぜか嬉しくなった。

降りしきる雨と、生ぬるい風と、濡れていく体と靴と、それから横を走る渡良瀬さんを感じる。発作は起きない。

道の先にある横断歩道の信号が赤になったところで、私たちはようやく止まった。お互いに息が切れて、整えるのに時間がかかった。

「確かに少し気持ちよかったです」私は言った。

「僕たち、雨はこれで克服ですね」

顔を上げると、晴れ間が見えていた。

絵を描く仕事をしたいと、内側に閉じ込めておいた想いを初めてこの世界に明かしたのは、高校二年中盤の三者面談のときだった。先生は少し驚いた顔をして、横にいた母はもっと驚いた顔をしていた。母はその日の一日だけ不機嫌になった。私の知らない事実を、他人と同じタイミングで知るのが嫌だったらしい。絵自体は日常的に描いていて、母は私の部屋の掃除をするときに本棚にならんでいるスケッチブックや指南書が目に入っているはずだった。一応、私としてはそれで牽制していたつもりだった。

「まあ、いいんじゃないの」

三者面談の下校時に一度だけ母は答えた。諦めるような感じだったのか、しぶしぶ受け入れるような感じだったのか、もう勝手にしたらいいと投げるような感じだったのか、正解はいまだにわからない。私も母も言葉足らずだ。

父に相談しても、お母さんと話し合って決めなさいとしか言わない。おそらく、大事なことは女性同士で話したほうがいいだろう、という哲学から来ている。そしていざ母に伝えても、「まあ、いいんじゃないの」だった。

明確な否定や反対をされたことはない。物事を禁止されたこともない。

だけど何も言われないわけじゃない。絵を描く仕事を選ぶことのリスクを、とっておくべき保険を、ことあるごとに日常の端々にまぎれこませて伝えてくるようになったのは、高校三年を迎えた頃だった。

一度ですべて出しきるのではなく、小出しで母は伝えてくる。こんなリスクもある。こんな事実も見つかった。こういう危険もあった。と、どんどん進行していく病を告げる医者みたいに、私の進もうとする道に情報をばらまいていった。反対はしないけれど、もし進路をいまから変えることになってもそれは母が押しつけた結果ではなく、私自身が判断してそう選んだのだと、そういう筋書きを望んでいたのだと思う。

こうやって並べ立てると、なんだか母も父もすごく意地悪なひとに思えてしまうけれど、決して悪いひとたちではない。ありふれた一般家庭の常識的なひとたちだと思うし、そういう二人のもとに生まれることができて、自分は幸運だとすら思う。

習得するべき最低限のマナーや常識は両親から教わっているし、いまもこうして社会人のはしくれとして生きることができているのは、間違いなく親のおかげだ。何かあればいまでもきっと、親はすぐにかけつけてくれるだろう。

そんな両親に事故のことを隠したのは、それがきっかけで私の生活が不完全であると指摘される気がして、怖かったからだ。大人しくこっちに帰ってくるという選択肢もあるよ。いくらでもほかに仕事はあるはずだよ。ずっと言おうと思っていたけど、絵を描くというのは、やはり不安定だよ。父や母がそんな風に明確に告げてくることはありえないのに、どうしても想像してしまう。そうやって決定的な一言を告げられてしまう日がくるかもしれないと、怯えてしまう。

一年に一度、実家に帰っても絵の仕事の話はあまりしない。向こうは困るだろうし、私もどんな言葉が返ってくるかわからないから、困る。

否定もされなければ、肯定もされてこなかった。応援されたり励まされたりはしない代わりに、拒絶されることもなければ、突き放されることもなかった。足を引っ張られたこともないけど、背中を押された記憶もなかった。

絵を描くときは、ほんの少しだけ自分を許せる。だけどそれがすべてではなくて、時々強く、親の顔が浮かんでくる。

「相当悩まれているようですね」

渡良瀬さんの声で、我に返る。ここがどこだったかを思い出す。

電車で三〇分ほど移動した先にある画材店。今日はバスと徒歩を使ったので、一時間かかった。店内の狭い陳列棚の間で、私たちは横並びになって商品を見ている。

偶然手に持っていたフィキサチーフを、言い訳の舞台にあげる。

「そ、そうなんです。下描きを定着させるのに使う液体なんですが、塗るタイプと吹きかけるタイプがあって」

「いつもはどちらを？」

「吹きかけるタイプです。ですがここの店では少し割高です」

「絵を描く道具はどれも安くはないようですね」

昨日のことだった。渡良瀬さんの肖像画を描くという大仕事にそなえて、イーゼルを点検していると、とつぜん、ぽっきりと柱が折れてしまった。前日ということもあり、私はすっかりあわててしまった。明日、画材店に寄り道して調達するしかない。彼に電話をして、少し遅れるかもしれないという旨を事情も添えて伝えると、同行すると返ってきた。そしていまに至る。

渡良瀬さんは一度も入ったことがないという画材店を興味深そうにまわってい

た。ついでに道具にかかる値段の相場も把握していった。いまではすっかり私の感覚も麻痺しているが、そういえば中学生のとき、初めて道具をそろえようとして地元の店を訪れたときも、同じように驚いた記憶がある。

「レシートは残しておいてください。仕事の報酬と一緒に経費精算をしてお支払いをします」

「そんな、悪いです」

「いいんです」

「……では、吹きかけるタイプにします」

「そうしてください」渡良瀬さんは微笑んで言った。

ついでにそろえようと思ったあらかたの小道具類を集めて、最後に本来の目的であるイーゼルを探した。レジ横に兵隊のようにきれいに並んでいた。いつも使っているのと同じ高さ、同じメーカーのものを買う。さすがにこれは経費としては扱わない、と私はきっぱり渡良瀬さんに断った。では自宅まで僕が持ちましょう、それくらいはさせてください、と言うので甘えさせてもらった。実際にそのサポートはとても助かった。

店を出ると、よく晴れていた。一応カバンには赤の折りたたみ傘を入れているが、今日は活躍の出番はないだろう。画材は濡れずにすみそうだ。

彼からの提案で、自宅へはタクシーで向かおうということになった。しかしなかなか捕まらず、あきらめてまたバスを使った。バスのなかでは、いつも持ち歩いている赤の折りたたみ傘のことを渡良瀬さんに話した。両親が上京祝いにくれたものであることと、あらためて、私が雨人間であることを明かす。

「似合いますよ」

「え？」

「鈴鹿さんは、雨が綺麗に似合うと思います」

「……初めて言われました」

くすぐられたみたいに、笑いそうになって、こらえるうちに会話が途切れた。嬉しいと、ひとは本当に照れるものだ。

バスを降りてからは、想像していたよりも時間はかからず、すぐに彼の自宅マンション前についた。無機質な灰色のマンション。低層で、無駄なデザインもなく整理されたような印象。彼の雰囲気とも、少し合う。

エレベーターに乗り込み、狭い空間で彼と二人きりになったところで、急に、自分はいまから男性の自宅にお邪魔するのだという意識が膨らんだ。絵画の仕事でそういったことは何度もある。けれど彼は違う。クライアントという意味では同じでも、彼を男性だと意識する時間や機会の多さが、私のなかではあまりにも違う。彼は私に、雨が綺麗に似合うと言ってくれる男性だ。

気づくとエレベーターは目的階に到着していて、彼はずっと「開」と表示されたボタンを押してくれていた。あわてて廊下に出る。

マンションの裏手だろう、木々が鮮やかに生い茂る公園が見下ろせた。林のなかから、子供のはしゃぎ声が聞こえる。いいですね、と言うと、いいでしょう、とシンプルに返ってくる。

そのまま移動し、途中で彼が追い越して、角部屋にいきつく。重厚な玄関のドアがゆっくりと開く。

クライアントを除いて、男性の部屋に入るのはいつぶりだろう。美大にいたころ、一週間だけ付き合っていた男性の部屋にお邪魔して以来だ。五年か？　それとも六年？　もはや作法がよく分からない。何を見てよくて、どこを見てはいけないのか、判断がつかない。眼に飛び込むものは、すべて吸収してしまう。それも細部まで。絵を描く上では武器になっても、悪い癖になるときもある。

玄関の靴棚には、無数の靴箱が配置されていた。決して散らかっているわけではないが、空間を占めるものの密度が多い気がする。放置ではなく、配置、という表現がまさに正しい。

廊下をぬけてリビングに入ったところで、予感が確信に変わった。明らかに空間を占めるものの量が多かった。掃除機が二つと、自動掃除機が一つ、ソファにあふれるクッション。本棚と、そこに収まりきらず、サイドテーブルに積まれた本。こぶりなテーブルライトがなぜか三つもある。壁にかけられたポスターやカレンダーや、花瓶にいけられた花。どれも正しい位置に置かれていて、散らかっているわけではない。ただ、多い。

「物がね、なかなか捨てられないんですよ」

弁解するように彼が言う。

「利用者さんからのいただきものがほとんどなのですが、愛着もあって処分できないんです」

なるほど。意外な光景ではあったが、それはとても彼らしい理由のような気がした。

「絵を描けるスペースがあれば、私はかまいません」

「ものをどかせばすぐにつくれると思います。どこで描きましょう？」

相手によってはこの場所で描いてほしいとか、このアングルで描いてほしいとかを指定してくることもある。こちらに任せてもらえるケースももちろんある。だから想定していたやり取りだった。私は素早く準備にとりかかる。

彼を最も象徴している場所がいい。つまりこの部屋においては、物は多く配置されているけれど、それらはすべて管理されていて、きちんと整っているように見える場所。

部屋をもう一度見まわして、私は場所を決めた。

「本棚の前に椅子を持ってきてください。そこを背景に描きましょう」

「一番片付けが大変な場所です」

「だからです。そしてできれば、片付けはしなくて大丈夫です。なるべく自然な形がいいんです。椅子を置けるスペースさえつくってもらえれば」

「わかりました」

渡良瀬さんは素直に従い、ダイニングテーブルにしまっていた椅子を引っ張り出してくる。本棚を背にして、ラックやサイドテーブルにこまごまとした物が映るアングルに、椅子を置いて座ってもらう。

すかさずイーゼルを組み立てる。消しゴムのカスが床に落ちないよう、あらかじめシートも敷く。今日は鉛筆書きだけだ。

「私はいつでも」

「僕もです」

「では、さっそく始めていいですか？　少し大変ですけど」

「お願いします」

　何通りかの座り方をまず試してもらった。ラフに膝を組んでもらったり、逆にこぶしを握って両ものの上に乗せてもらったり、さまざまな形を探す。彼と交わした会話や表情、歩き方、話し方にものの考え方。彼を形作っているものを、頭のなかに起こしていく。

　ようやく姿勢が決まり、下描きに入る。緊張で少し手が震えていた。キャンバスに隠れて、私の手は彼からは見えないのが救いだ。

　渡良瀬さんを見つめる。彼と目が合う。

　彼の輪郭を、たどっていく。

　彼がこき、と首を鳴らす。

「動かないでください」

「失礼しました」

少し経って、今度はくしゃみをした。

「動かないでください」

「くしゃみはしょうがないでしょう」

「冗談です」

やられた、という風に彼が笑う。その一瞬の笑顔を見逃さずに記憶する。焼きつける。口の端、頬の形を一気に描きあげる。ただし焦らず、雑にならないように。

それからは会話もなく、ただ穏やかな無言の時間が流れた。鉛筆をキャンバスに走らせる音だけが、部屋に響いていく。音が私という存在ごと、溶け込んでいく気がする。

カーテンの隙間から陽光が入り込んでくる。雨は降らない。鳥の鳴き声がする。子供の笑い声も聞こえる。目の前には渡良瀬さんがいる。無防備な姿で、私に描かれていく。この空間すべてが身をゆだねたくなる、心地よさ。永遠に続けばいいと、身勝手に祈る。

彼の手を描くと、その手を握っている気持ちになる。首筋や肩、腰、組まれた足、私の筆が手となり、彼を撫でていく。渡良瀬さん、と思わず声が出そうになった。実際に出ていたかもしれない。彼が返事をした気がする。それとも幻聴だったのか。

渡良瀬さん。あなたを描くたび、あなたに触れている気持ちになります。こんなことは初めてです。

まわりの本棚やサイドテーブル、ラックに置かれた雑貨道具、そして彼自身。すべての輪郭を描き終えたとき、私は自分のなかに深く根を張り、芽吹いていた感情に気づいた。

私は渡良瀬さんが好きだった。

4 遠ざかる光をいつまでも眺める。

公民館へ向かう途中、前を歩く渡良瀬さんを見つけた。声をかけようかと思ったが、しばらく観察してみることにした。一歩いっぽが大きく、普通に歩いていると離されてしまう。ワークショップ後にいつも二人で通う『喫茶ぺーぱー・むーん』に向かうときは、歩幅を合わせてくれていたのだな、と気づく。

たまに早足になりながら、一定の距離を保つ。渡良瀬さんが先に坂を登り切り、そのまま公園と図書館の裏手へまわっていく。数十秒遅れて私も同じ道をたどる。この坂はいつも少し息が切れて、喉も渇く。

裏手に回り込んでいる途中で、渡良瀬さんが自販機の前で立っていた。こちらを見て、軽く手を上げる。小ぶりな水のペットボトルが二本握られていた。私は自分の尾行がばれていたことに気づく。

「どうぞ」

渡良瀬さんが水を差し出してくる。どうも、と受けとって水を半分ほど飲み、それから抗議する。

「気づいてたなら、言ってくださいよ。馬鹿みたいじゃないですか」

「距離を一定に保とうとしていましたね。可愛らしかったです」

何気なく放たれた言葉で、ぐらつく。可愛らしかった。本気で言ってるわけじゃない。真に受けるな。期待するな。

公民館まで残り一分ほどの距離を一緒に歩くことになった。会話をする時間もなく、あっという間に目的地につく。

「あれ？」

いつもと少し様子が違っていた。出入口前に私たちと同じ『乗り換え駅』の参加者たちが集まって、何やら話し込んでいた。

集団に合流してすぐ、坂本さんが私たちに気づいて声をかけてくれた。

「何があったんですか？」

「主宰の三位さんが、急にもう来られないって」

「え」

「数人に連絡があったらしくて。それで今日はどうしようかって」

「……そうだったんですか」

散歩にいくだとか、自分の予想が呑気で的外れであったことを知る。まさか会の存続について話し合っていたとは思わなかった。

「あとこれは噂だけどね」

坂本さんが続ける。

「あのひと、心療内科医じゃなかったんだって」

「え、じゃあ何者だったんですか？　もしかして詐欺とか？」

「違うちがう、そういうんじゃなくてね。むしろ心療内科医とは真逆のひとというか」

察しが悪い私に、坂本さんが答えた。

「患者だったのよ。つまり、治療を受けていたほうのひと」

「……ああ、なるほど」

それなら、話し方や進行の仕方を知っていたとしても不思議ではない。あまりにも上手すぎて、気づかなかった。

というか会自体は、こうして今日までしっかり需要があり、だからこそ『乗り換え駅』の参加者たちは毎週集まっている。始めた頃と比べて何人かは減っているが、決して成立しない人数ではない。偽者だったとしても、三位さんはしっかり役割を果たしてくれていたことになる。

思ったことをそのまま坂本さんに伝えると、同じ意見だ、と彼女もうなずいてくれた。坂本さんは集団のなかに戻っていき、手をあげながら提案する。

「とりあえず今日はこのまま始めましょう。三位さんが行ってくれていた進行役は、毎週ごとに交代制を取るなどして対応していきませんか？」

誰も異論はなかった。ぞろぞろと公民館に入り、いつもの地下の会議室へ移動していく。私と渡良瀬さんは最後尾でついていった。

提案した流れから、坂本さんが今日の『乗り換え駅』の進行役をつとめることになった。坂本さんが器用だったからか、参加者たちがみんな協力的だったからか、会はいつも以上に滞りなく進行していった。そのようにして、三位さんの失踪はゆるやかに受け止められていった。

今日のなかで特に印象的だったのは、普段は発言しないようなひとも声を上げていたことだった。というか、その一人は私だった。

「列車事故の直前までのことがまだ思い出せないんです。断片的な記憶はあるのですが、まだ完全には戻っていません。いま一番知りたいのは、私はそもそもあの列車に乗ってどこに向かおうとしていたのか、です」

　私がこの会で発言した、初めての日だった。


　前を渡良瀬さんが歩いている。岩場で密集しているエリアを先に抜けたところだった。私はいまだに慣れない山道と、地面と、高さがすべて違う岩を乗り越えるのに四苦八苦していた。さらに距離が離される。

　渡良瀬さんは岩に腰かけるようにして待ってくれていた。水筒のコップに入った水を渡してくれる。渡良瀬さんも口をつけた水筒、などと意識する余裕もなく、半分ふんだくるようにしてコップをあおった。

「付き合わせてしまってすみません」こちらの様子を窺うように、渡良瀬さんが言ってくる。

「いいんです。いつかは挑戦してみたいと思ってましたし、ほら、前に約束しましたから」

　自宅から車で一時間半ほどにある郊外の山にきていた。前回の『乗り換え駅』

の会の帰り道、今度の水曜に山登りに行こうと思っているが、どうかと誘われた。意識している男性の誘いを安易には断れない。それに一緒にトンネルで閉じ込められていたとき、やってみたいと自分で答えたのを覚えていた。

家を出たのは八時過ぎ。いまは一一時半になろうとしていた。これでも登山にしては遅いほうだという。渡良瀬さんが赤いハッチバックの車で自宅近くまで迎えにきてくれて、乗って最初の一時間はとにかく緊張していた。渡良瀬さんの運転は完璧で、赤に変わりそうな信号も無理せず停まってくれて、その優しさに余計に緊張した。

「コンパクトでいい車ですね」

「実は自家用車ではないんです。カーシェアの車でして。恰好がつかなくて申し訳ない」

「いえ、運転してもらうだけでも。それに乗れればなんでもいいです。いまどき自家用車かどうか気にするひとなんて、絶滅してますよ」

最後の一言は言い過ぎたかもしれない。でも渡良瀬さんは笑ってくれた。と、そんな会話をしたのが、もはや遠い昔に思える。登り始めは軽快だったが、いまは森林浴をする余裕もない。

「あと半分ほどです、頑張ってください。今日は鈴鹿さんに見せたいものもあります」

「見せたいもの？」

「お楽しみです」

彼の差し出す手を、なるべく自然に取る。岩に腰かけていた体を起こしてもらい、また歩き出す。

天気は曇りで、いまのところはまだ降っていない。たまに晴れ間が見えたかと思えばまた隠れたりと、空がせわしない。渡良瀬さんが見せたいものというのは、天気に左右されるものなのだろうか。

「雨、降らないといいですが」探るように言ってみた。

「鈴鹿さんは雨女と言ってましたね」

見事にかわされる。私が探っているのをわかったうえでの受け応えだと、すぐに察した。

「雨女の厄介なところは、こちらが降るだろうと思って雨の対策をした日に限って、逆に降らないことです。カバンが傘で無駄に重くなるんです」

「今日は折りたたみ傘は？」

「持ってきてます」

「では今日も大丈夫でしょう」

「ところが、こちらがその法則をさらに利用したり期待したりすると、今度は本当に降るんです」

「いたちごっこですね」

「そうです。神様とのいたちごっこです」

登り続ける。視界はまだ森林におおわれていて、山頂の気配はない。

私が疲れて喋らなくなると、今度は渡良瀬さんは気をまぎらわせようと、話題を振ってくれた。

「学生時代の山岳部の登山で、遭難しかけた話はしましたっけ？」

「……あ、覚えてます。トンネルのなかでしてくれました」

そこで先輩に励まされて生き延びた経験から、自分も誰かを励まし支えるような仕事につきたいと思った。そういう話も後でしてくれた。

「遭難のあと、山が少し怖くなりました。その時、リハビリのために最初に登ったのも、この山です」

「そうだったんですね」

私はそのまま訊く。

「この山に登りながら、介護福祉士の仕事を思いついたんですか?」

「かもしれません。具体的になろうと思ったのは、いつかは忘れました。遭難のあとに入院した先の病院だったかも」

彼は入院生活についても少し教えてくれた。お手洗いが特に大変だったという話を、面白可笑しく語ってくれた。列車事故で救出されたあとの今回の入院よりも、そちらのほうが苦しかったという。

それから渡良瀬さんは私に質問する形で、話題を変えた。

「鈴鹿さんは、一番好きな画家とかはいるんですか?」

「一人います。アンリ・ルソーという画家がいるんですが、聞いたことはありますか?」

「『社会契約論』の? いや違う。あれはジャン=ジャック・ルソーだ」

「はい。アンリ・ルソーは政治哲学者ではなく、税関の職員でした。彼は働きながら絵を描いていたので、日曜画家と呼ばれていたんです」

「その方の絵が好きなんですね」

「絵というよりは、彼自身の生き方が好きです。アンリ・ルソーのような生き方をしている画家はたぶん、アンリ・ルソーしかいません」

　生き方ですか、と渡良瀬さんが興味深そうにあいづちを打つ。彼は人から話を聞きだすのが上手だ。気づいたときには思わず乗せられている。

「生活のための税関職員の仕事、それから自分を表現するための仕事。そういう風に分けて仕事ができる姿勢が、おこがましいですが、いまの自分と少しだけ重なります」

「なるほど」

「でも、アンリ・ルソーは私のように気弱な性格ではありません。とことん自分の才能を信じつづけられたひとでした。独学で学び、まわりにはなかなか認められなくても、諦めず描き続けた。そのうちピカソやゴーギャンといったほかの画家が彼の才能に気づくのですが、アンリ・ルソーはピカソやゴーギャンと自分は肩を並べて当然だといわんばかりの態度で、彼らに接するんです。境遇はどこか共感できるのに、私にはまるでない豪胆さと自信を持っている。だから一番好きな画家は、アンリ・ルソーです」

　そこまでしゃべって、ようやく自重する。また私ばかりしゃべってしまった。

渡良瀬さんは彼がどんな絵を描くのか気になってきた、としっかり感想を伝えてくれた。

励まし合う、というのが私たちの間で形成されたコンセプトなのに、私はこうやって励まされてばかりだ。

会話の話題が尽きかけてくると、彼がちょっとした雑学を披露してくれることもあった。

「日本一高い山は言うに及ばず富士山ですが、逆に日本一低い山というのも存在します。どれくらいだと思いますか？」

「うーん、どれくらいでしょう。地元の山がけっこう低かった気がします。保育園でもピクニックに行けるような。一〇〇メートルくらいでしょうか」

「正解は約五メートルです」

「低い……」

「大阪の天保山（てんぽうざん）公園というところにある天保山が、日本一低い山といわれています。ちなみに私のマンションの部屋は三階にあるので、そこよりも低いですね。棒高跳びの世界記録よりもだいぶ低いです」

「いま登ってるこの山は天保山いくつ分くらいですか？」

「そうですね、だいたい二四〇個ほどでしょうか」

「急に元気がなくなってきました」

　おやおや、と渡良瀬さんが苦笑いをする。

「せっかく時間を忘れさせようとしたのに」

「渡良瀬さんが私の元気を奪いました」

「訊かれたから答えただけですよ。変な質問をするからです」

「私に変な質問をさせる渡良瀬さんが悪いです」

「鈴鹿さんは意外に素直ですね」

　気を遣う余裕もないというのが正しい。山はひとの本性をあぶりだすと聞くことはあるけど、なるほど、と思う。持続的に、しかもゆるやかにひとの体力と理性を奪う行為は、確かに山登り以外にはないかもしれない。

　渡良瀬さんが駄々っ子のような私の愚痴ややつあたりを軽やかに受け流してくれるおかげで、登山は順調に進んでいった。合間に何度か挟んだ休憩のときに食べたチョコレートが、人生で一番美味しかった。登山とはチョコレートを一番美味しく食べる方法かもしれない。

　ふと、周りの景色ががらりと変わる。左右を覆っていた森林が消えて、視界を埋める空の比率が多くなっていた。遠くの別の山々も見渡せる。尾根伝いに歩いています、と渡良瀬さんが説明してくれた。

　舗装された自然の階段を、老夫婦が降りてくる。二人とも同じ形のつばの広い帽子をかぶっていて、それぞれが色違いで、少し可愛かった。

　二人がすれ違えるように道を空ける。同時に挨拶をするのがマナーということも知っていた。こんにちは、と返すと、まだまだ体力に余裕のあることを示すような笑顔で、すたすたと降りながら言ってくる。

「山頂はもうすぐそこですよ。頑張って」

　励ましの言葉ももらい、頑張りなおそうかと思っていると、渡良瀬さんはまだ二人の姿を目で追っていた。薄く口を開けて、どこか、驚いているような表情。

　少しの間その様子を見守っていたが、声をかけなければずっとそうしていそうだった。

「どうしたんですか？」

「……あ、いえ、なんでも。すみません」

　我に返った渡良瀬さんが、歩き始める。何か気にかかることでもあったのだろうか。もしかして、介護福祉士にしかわからないような体の変調を、あの二人のどちらかに見たとか？　だとすれば大事(おおごと)だが、結局は私の妄想にすぎない。彼が大丈夫と判断したのなら、きっと問題はないのだろう。

木製の立て看板が見えてくる。『頂上まで一〇〇メートル』とあった。ちょうど目の前の階段を登りきった先で、景色が明確に開けている。終着点がわかりやすくて助かる。

頂上を目の前にして、渡良瀬さんのペースがほんの少し速くなる。興奮しているのかな、となぜか彼の素顔の一部を見た気がして、嬉しくなる。その活力で食らいついていった。

登り切り、地面がようやく平坦になる。『頂上一一五七Ｍ』と刻まれた石碑が飛び込んでくる。ベンチが数脚と、ピクニック用のテーブルが一つ。朽ちた切り株がいくつかあって、どうやらそこも登山客によって椅子代わりにされているようだった。

登山客は私たちのほかにいなかった。頂上をたどる登山道は他にも二つあったが、そこからもひとがやってくる気配はなかった。

そして何よりも、視界いっぱいに広がる景色。さっきまで息が切れていたはずなのに、その苦しさが風に運ばれて飛んでいく。

眼前の森林と、それから人々が暮らす街、海まで見渡せる。街中で何か一直線に動くものが見えて、よく確認すると電車だった。

「貸し切りですね」

渡良瀬さんが、景色の一番見えやすいベンチを選んで案内してくれる。三人用のベンチだったが、荷物を置くスペースをわきにつくりながら、なるべく自然に近寄る。渡良瀬さんの肩のあたりから熱を感じた。私にアンリ・ルソーのような豪胆さと自信があれば、そのまま彼に寄りかかれただろうか。

「標高一〇〇〇メートルほどの低山でも、意外に見渡せるものです。ちょうどいい疲労度でストレス解消になるので、よく登る山なんです」

それぞれのリュックからふもとのコンビニで買った昼食を取る。おにぎりが一つだけつぶれていた。その不格好さも許せる美味しさだった。塩分が体にしみわたっていく。エネルギーとはこうやって補給されていくのだと、チョコレートと同様に実感する。

風が流れる。木々をさわさわと揺らす。よく晴れていた。ふもとで感じた梅雨の湿気も、ここにはほとんどない。

「おかげでまた一つ、日常に戻ることができました。正直にいうと一人では不安だったんです。ついてきてくれてありがとう」彼が言った。

「とんでもない。こちらこそ、ありがとうございます。一人だったら途中であきらめていたかもしれません」

そういえば、と思いだして、私は続ける。

「見せたかったものって、これだったんですね」

渡良瀬さんは答えない。

横を向くと、小さな笑みを浮かべて、こう返してきた。

「いえ、実は違います」

ふもとの駐車場に下りるころには夕方の五時を過ぎていた。途中で一度だけ雨が降ったが、数分もしないうちにすぐにやんでくれた。私が何か外で活動したことに対して、義務みたいに降ったような雨だった。今日はもう降らないといい。

駐車場にあるお手洗いを借りて、登山用のウインドブレーカーから上着に着替えて外に出ると、あたりがさらに真っ暗になっていた。振り返るとさっきまで登っていた山があって、その表面が黒く塗りつぶされ、輪郭がわずかにわかるだけになり、あとは風でこすれる木々のざわざわとした音が聞こえるだけだった。昼間はあれだけ穏やかだったのに、いまはさっきまであんな場所にいたのか、と少しだけ恐ろしくなる。

「忘れ物はありませんか？」

いつの間にか着替えていた渡良瀬さんの声で、はっとなり、助手席に乗り込む。ここからさらに、一〇分ほど別の場所に移動したいのだという。彼の見せたいものであればもちろん期待はあるが、この暗闇のなかでわかるものなのだろうか。

車中の渡良瀬さんはあまりしゃべらなかった。行き先のヒントを与えないよう、わざとそうしているのだろう。

一度まばらに住宅が点在している通りを経由し、再び山道に入っていく。こんな時間にこんな道を利用する車などほかにいるのだろうかと思っていると、少し先に別の車のライトが見えた。曲がり坂になっていて、その先にもさらに一台見える。目的地はみんな一緒なのだろうか。どこへ行こうというのだろう。

坂を登っている途中で、森林公園の駐車場案内の看板が見えてくる。ほかの車と同様、渡良瀬さんもそこへ入り、車を停めた。エンジンを切ってシートベルトを外している間も、なぜか続々と車が入ってくる。

「どうして公園に？　こんな暗い時間に」

「いずれわかります。僕たちも行きましょう」

　車から親子が出てくるのが見えた。みんな一人ずつ、懐中電灯を持っている。渡良瀬さんのほうに視線を戻すと、彼がペンライトを差し出してきたところだった。

「もしライトが足りず、暗闇が怖かったら、僕の腕をとってくれてかまいません。大丈夫です」

「渡良瀬さん……」

　私は事故以来、電気を消して眠れない。暗闇に対して体が敏感になっている。それを知っていてもなお、彼は私をここに連れてきた。意地悪をするひとではもちろんない。そして意味のないことも、もちろんしない。

　行きましょう、と彼が先に車を降りる。躊躇していた心を自分で蹴り飛ばし、それでとうとう覚悟を決めた。

　昼間の登山よりも近くに寄って、彼とともに公園内の緑道を歩いた。渡良瀬さんとぴったり同じ場所を照らしていると、同じ強さの光なので明るさは変わりませんよ、と笑われながら注意された。彼の当てている場所から、少し離れた先に移動してみたり、右隣や左隣に行ってみたりと、私の光はうろうろと頼りなく地面をただよった。

噴水や花壇が近くにあるようだった。暗闇に慣れた男の子たちが階段を駆け下りてはしゃいでいるのが聞こえる。

別の家族の女の子が、私たちの脇を駆けていく。

「早くしないといなくなっちゃうよ！　ホタル！」

あ、とようやく理解した。

渡良瀬さんのほうを向く。顔はよく見えないけど、そこに浮かべる穏やかな笑みを想像できる。

「見せる前にバレてしまいましたね。あと少しだったのですが」

「六月の終わり、ここではたくさん見られるんです」

「……いまの季節なんですね」

足もとが舗装された道から、ウッドデッキに変わる。まわりは湿田になっていて、さらに進むと池に変わった。

ちら、と一瞬だけ暗闇にまたたく光が走ったような気がした。誰かの懐中電灯だろうか。水生植物の陰に隠れて、よく見えない。私はその姿を探す。

木道の奥から歓声が聞こえる。どこか取り残されている気持ちになり、思わず気が急く。渡良瀬さんは歩幅をほとんど変えない。

「見えましたか？」私が訊いた。

「さっきから、ちらほらとは」

「言ってくださいよ」

「そのうちどこを向いても見つけられるようになります」

　彼の言葉の通りだった。

　ひとが多く集まっている広場があり、そこで一斉に蛍が光っていた。ざわざわと揺れる木々から。私たちが立つウッドデッキの下から。まわりに生い茂る水生植物の影から。

　誰かが指をさした場所を見れば、そこに無数の光があった。空に舞い上がっていく光に、私たちのすぐそばをただよっていく光。生き物としての気配を、確かに感じる動き方。光が生きている。誰も気づいていない、私だけの蛍を見つけたかった。

「渡良瀬さん、ほら、あそこ」

「いますね」

「すごい。きれい」

「今日は特に多い気がします」

蛍を追いながら、彼の言葉が遅れて耳に届く。

「今日は？　って、以前もここに？」

「僕だってデートくらいはしますよ」

デート。まるで自分がそれを口にしたみたいに、舌がしびれていく。彼は確かにそう言った。どれくらいの重さと意味で、その言葉を使ったかはわからない。彼の表情を、蛍が照らすことはない。

「僕はこれで暗闇を克服しました。同じ方法が鈴鹿さんにも効くとは限りませんが、ここにきたとき、いち早くあなたを連れてきたいと思いました」

「ありがとうございます。ここにこられて良かったです」

蛍は明かりを絶やさない。気づけばほとんどのひとが懐中電灯の明かりを消していた。私もペンライトの明かりを、そっと消す。発作はこなかった。

ばしゃん、と近くで誰かが池に落ちる音がする。すぐに男の子の泣く声がする。呆れるようにうめいて、それから笑う母親の声。帰りの車のシートを気にする父親のため息。

戻るとき、渡良瀬さんが手を取ってくれた。木道を渡り切るまではあぶないので、ということだった。私は彼の手を握り返した。木道を渡ると、理由がなくなって、そのまま同時に手を離した。彼の指の感触を閉じ込めておきたくて、私は拳を握り続けた。捕まえた蛍を逃がさないようにする子供みたいだな、と少し思った。

駐車場付近の広場で出店がやっていた。近くの夏祭りで使われてきたのであろう、のれんや看板が、所せましと並んでいる。平日なのによく賑わっていた。私たちもそこで食事を取った。

そこからのことはよく覚えていない。握ってくれた手のことを思い返したり、彼の語ってくれた言葉を思い出したり、暗闇に揺れる光を思い出したりしているうちに、車は自宅の前についていた。帰りも急ブレーキ一つない、穏やかな運転だった。

「今日はありがとうございました」

「こちらこそ、遅くまで連れまわしてしまって」

「とんでもない。楽しかったです」

沈黙。お互いに言葉を探そうとしているが、出てこない。私は去ろうとしないし、彼も車に乗ろうとしない。何かもっと言いたいし、話したいはずなのに、言葉が出てこない。

タイムリミットを告げるように、やがて彼が口を開いた。

「では、また公民館で」

「……はい。また」

彼が車に乗り込む。行かないでと言ったら、渡良瀬さんは残ってくれるのだろうか。お茶でもどうかと誘ったら、部屋に来てくれるのだろうか。迷っているうち、車が走り出す。

私はその場に立ち、遠ざかる光をいつまでも眺める。


三日後、登山の筋肉痛がいまだに残る体で画材を担ぎ、清住さんの邸宅を訪れる。事故の前から元々バスで通っていた方面だったので、時間のコントロールも上手にいき、約束の五分前に到着することができた。邸宅の塀沿いをぐるりと一周して時間をつぶすと、ちょうどぴったりになった。

インターホンを押すと、清住さんのしゃがれた声が応答する。「鈴鹿です。肖像画の件で参りました」。数秒の沈黙があって、引き戸の鍵が開く音がする。

敷石に導かれて玄関まで向かう。左には庭園が広がっている。鯉が住む池もあり、心地よくなるように工夫された水の音が、絶えず流れている。手入れはされているが、心なしか以前来たときよりも雑草が目立った。

玄関の戸が開き、袴姿の清住さんが出迎える。整ったオールバックの白髪にたくわえられた髭。それから澄んだ目に、丸い顔。ほとんど曲がっていない腰と、一般の人よりも少し太い首。

清住さんは私の顔を見て、目を丸くする。驚いたように口を開ける。一瞬、忘れられたのかと思い、警戒する。

「どうも。こんにちは」

「……す、鈴鹿さん」

「はい。鈴鹿です。肖像画の続きで今回も参りました。今日で問題ありませんでしたか？」

私の名前を答えたということは、忘れられてはいないらしい。以前、同じような顔になって、「お前は誰だ、でていけ」と、お手伝いさんを急に家から追い出した場面を目撃したことがあった。年齢から考えれば、そういうことも起こりうるだろう。

「すみません。どうぞこちらへ」

清住さんに案内される。お手伝いさんは追いだしたまま、新しい人は雇っていないらしい。庭の雑草はそれが理由だろうか。

廊下を何度か曲がり、そのまま縁側へ向かう。前回、描いた場所と同じだ。清住さんからこの場所で描いてほしいというリクエストがあった。縁側の幅にちょうどよく収まるオーダーメイドのリクライニングチェアに腰かける清住さんと、背景に庭の草木や池がしっかりと映る構図。

昼の二時過ぎがもっともきれいなのだ、と清住さんは言う。だから描くなら晴れた昼の二時付近だった。その時間からしか当たらない光と、形作られる影を素早く描く必要がある。

セットしたイーゼルに、鉛筆で下描きしてある途中の絵、それと今回から使っていく絵の具を準備する。清住さんはチェアに座りながら、私の作業に目を凝らし続けている。というより、私を見続けている。

「今日もよろしくお願いします。ひと先ず、夕方まで」

「うん。よろしく」

清住さんはうなずいたあと、「お茶くらい出せばよかったね、すまない」といま思いついたように言ってきた。いいんです、と断って、そこから仕事を始める。

輪郭の描きだし自体は済んでいて、今日は清住さんの顔や体、縁側や庭といった場所に当たる光の具合を観察して描くのがメインだった。シワの間、一つひとつにあらわれる影を逃さない。

筆を止めて観察をしている最中、清住さんが訊いてきた。

「どれくらいぶりだろうか」

「三週間くらいです。すみません、なかなか時間を調整できず」

「いや、いいんだ。こちらこそバタバタしていて」

「実は事故に遭いまして。治療に時間がかかっておりました」

誰かに「事故」だと打ち明けるのは初めてだった。なぜかするりと、言葉が出た。相手が清住さんだからだろうか。それとも、私のなかであの事故の整理が、少しずつついてきている証なのだろうか。

清住さんは、なるほど事故か、それは大変だったな、とつぶやくだけで、それ以上追及してこなかった。

「鈴鹿さんは少し変わったね」

「変わりましたか」

「うん、きみは前より……」

そこで言葉が途絶える。清住さんが庭を向いたまま、動かなくなる。絵のなかに入り込んでしまったみたいに、それきり何もしゃべらなくなる。視線の方向から察するに、池に反射する光のゆらめきを眺めているらしかった。

絵など頼んでいない、といつか途中で言われたらどうしよう、などと余計な不安が襲ってきた。これだけで生活しているわけではないから、別に差し迫った問題というわけではないけど。それに清住さんからは、前払い金も十分にいただいていた。完成するまでは通いたい。それがだめなら、せめて忘れず受け入れてもらえるまでは、通って描かせてもらいたい。

「清住さん、少しだけ顎を引いていただけますか？」

「ん？　ああ」

声はしっかり聞こえて、こちらの調整にも応じてくれた。清住さんは庭園を眺めたまま言ってくる。

「すまない。最近どうもボーっとしていて」

「眠たい時間です。仕方ありません」

やがてノイズだった不安も消えていき、私はまた、清住さんの肖像画に意識を研ぎ澄ませていく。

筆を動かすとき、かすかに痛む肩の筋肉痛が、心地よかった。

ワークショップ『乗り換え駅』が終わると、私は坂本さんと軽く挨拶を交わして部屋を出ようとした。そこで何人かに呼び留められて、渡良瀬さんのことを聞かれた。彼は私以外のひととあまり長く話をしない。だから興味があるのだというう。どんな人なのかとか、どんな話をするのかとか、関係が進んでいるのかとか、そんなことを遠まわしに質問された。見かねた坂本さんが自然に割り込んで流れを変えてくれたおかげで、上手く退出することができた。あとでお礼のメッセージを送らないといけない。

いつもどおり、先に外に出ていた渡良瀬さんと合流し、そのままバス停へ向かった。私が手間取ったせいで、決まって乗るバスがちょうど走り去っていくところだった。

「すみません。いつものバスが」

「いいんです。スケジュールを引いているわけではありませんから」

渡良瀬さんが言う。

「どうせならいつもと違うことをしてもいい」

「カフェには向かわないということでしょうか？」

「鈴鹿さんは何かしたいことはありますか？　買い物でもいいですよ」

特に浮かばなかった。考えているうちに次のバスが来て、とりあえず乗り込むことにした。いつものこの時間のバスにしてはめずらしく席が空いていて、二人で座ることができた。日常からはみ出せても、所詮この程度か。

映画にでも誘ってみようか。だけどついこの前調べたばかりで、めぼしいものはやっていなかった。好きでもないものに、興味のあるフリはしたくない。渡良瀬さんにそういう種類の嘘はつきたくない。山登りとか、彼の興味があるものであれば、話は変わってくるが。

「やっぱり特に思いつかないので、いつものカフェで、次の肖像画の続きの日取りを決めませんか？」

「素直ですね。僕も思いつきませんでした。そうしましょうか。ちなみに日取りはいつでも大丈夫です」

思いついたように、彼が続ける。

「なんでしたら今からでも」

「今から、ですか」

「ちょうど、いつもと違うことができます」

スケジュールはもちろん空いている。最近の私にとってはもう、この時間帯はとっくに渡良瀬さんと過ごす時間になっている。

いまから彼を描く。絶妙なバランスを保った良い提案だと思った。いつもの流れからは大きくはみ出さない程度の、いつもと違うことだ。けれどひとつ問題がある。

「画材を取ってこないといけません。いったん家に戻って、それからお邪魔しにいく形になります」

「鈴鹿さんが面倒でなければ、僕のほうは問題ありません。その間に僕は夕食の買い出しを済ませておきましょう。絵が終わるころには夜になっているはずです。よければ、一緒にどうですか？」

「……御馳走になっていいんですか」

「レストランを期待しないでいただけるなら」

「エスカルゴでなければ、何でも大丈夫です」

「エスカルゴ?」

なんでもありません、と謝る。自分にしか伝わらない、自分だけの冗談。坂本さんと食事をしたのが、もうずいぶん遠くに感じる。

渡良瀬さんは私に苦手なものはないかを確認してくれた。そうしているうちに最寄りのバス停につき、私だけバスを降りた。窓越しに手を振り合い、一度別れる。早足で家に戻りながら、エスカルゴと答えたことにいまさら後悔した。

帰宅するなり、準備を始める。化粧を直してから、画材道具をまとめた肩かけのカバンを背負い、再び家を出る。

バス停に向かいながら、念のために、急ぎの記事執筆依頼などのメッセージは来ていないか確認する。問題なさそうだった。一件だけ入っていて、渡良瀬さんからだった。マンションまでの自宅は入り組んでいるから、近くで合流しようかという提案だった。地図を共有してくれれば問題ないと返信した。本当は地図も要らなかった。前回行ったときに、道順はすべて頭に入っている。道を覚えるのはもともと得意だし、彼の家ともなると、なおさらだった。

予定通り、迷うことなく渡良瀬さんのマンションにつく。これから絵を描こう、と決めてからここまで一時間ほどしかかかっていない。不思議な心地だ。未来はこうやってつくられていくのかもしれない、とか、大げさなことを、好きな人の家の前で考える。

部屋番号とインターホンを押すと、彼の声が応答した。エントランスのドアが開き、エレベーターで昇っていく。廊下を進み、つきあたりの部屋を目指していると、玄関ドアを開けて渡良瀬さんが待ってくれていた。

「遅くなりました」

「いえ、ちょうど僕もさっき、買い物から戻ったところです」

言葉に偽りはなく、キッチンの床に買い物袋がいくつか置かれたままだった。冷蔵庫にしまうので、その間に絵の準備をしていてほしいと言われた。

キッチン越しの彼と会話をしながら、手を動かしていく。

「夕食は味噌煮込みうどんにしようかと思っています」

「おいしそうです」

「おしゃれではないかもしれませんが、失敗しづらいので」

「いえ、好きです。うどん」

絵画仕事用の茶色のボストンバッグからまずイーゼルを取り出し、組み立てる。続いて保護布を外し、キャンバスを立て掛ける。

「前の山登りでいくつか山菜が採れたので、それを使う予定です」

「そういえば下山中、何か採っていましたね」

　絵の具や筆、鉛筆、スケッチブック、小道具の入ったトートバッグも取り出す。持ち運び用の道具は、どれも学生時代から変わっていない。手に馴染むというか、このバッグたちであれば、道具を傷つけることなく、確実に目的地まで運んでくれるだろうという安心感がある。

　今日は前回の続き、残っていた鉛筆の下描きを完成させるところまで。そこから色をつけるほうの下描きと、定着液を塗って乾かし、本番へ。

「お待たせしました」

　キッチンからやってきて、渡良瀬さんはそのまま定位置に座る。前回帰ってから、椅子はそのまま本棚の前に置きっぱなしにしていたらしい。前回と時間が異なり、彼や本棚、テーブルのうえの雑貨にかかる陰影の位置が微妙に違っていたが、絵のなかに過去の私が手がかりを残してくれていたので、それをたどるだけで良い。記憶で十分に補える範囲の誤差だ。

「いつでも始められます」私は言った。

「では、よろしくお願いします」

小さなお辞儀のあと、渡良瀬さんがポーズする。指示していた姿勢や向きを覚えていて、キャンバスの画角のなかに、現実の彼がゆっくりとおさまっていった。おさまるというより、溶け込んでいった。実体の渡良瀬さんが溶けて、絵のなかの彼と融合していった。私は筆を進めていく。

肖像画は対象人物と絵描きの信頼関係によって成り立っている。そのひとを一番よく表現するポーズや表情、雰囲気をつかまなければならない。短時間でよく観察し、ときには描く前に会話をして相手を引き出す画家もいる。

逆にいえば肖像画は、そのひとと深い信頼を築ければ築けるほど、完成度が上がっていく。そのひとと、その画家にしか描けない絵が完成する。肖像画は一人でつくるものではなく、対象人物と二人で描いていくものだと私は思う。ときに近づき、興味を持ち、よく観察し、でも一定の距離は保つ。そういうことを心がけてきた。

でも、渡良瀬さんは違った。こうして描いていて、やはり思う。ほかの誰とも違う。

近づきすぎまい、と始める前に誓っていても、気づけば触れてしまう。鉛筆ごしに彼をなぞり、その感覚に浸ってしまう。

いくつかの仕事をこなしてきたけど、こんなことは初めてだった。ひとからお金をいただこうとしているのに、これではプロ失格だ。そう叱咤するのに、心は浮ついてしまう。彼の前では、私情と仕事のバランスが、とても取りにくい。すでに崩壊しているかもしれない。

描くたびに、私のなかをしめる彼の輪郭が、どんどんと濃くなっていく。それを伝えたくなる。筆に言葉や感情をこめてしまう。この絵が完成する日が来て、渡良瀬さんが目にしたとき、気持ちはどれくらい彼に伝わるのだろうか。どれほどまで、伝わってしまうのだろうか。

私は渡良瀬さんとどうなりたいのだろう。関係を進展させたいのか。わからない。いまのままでも、そばにいられる。それで良い気もする。一緒にいられればいい。どんな関係でも、とにかく近くにいられたら、私はいい。

この絵は私と渡良瀬さんの関係を壊すことになるのかもしれない。私の想いが彼に悟られて、この穏やかな時間が二度と戻ってこないかもしれない。そうなるのが怖い。彼との時間を失いたくない。

「鈴鹿さん」

「なんでしょう」

呼びかけられて、それを言い訳に鉛筆を持つ手を止める。自分が泣きそうになっていることにいま気付いて、静かに深呼吸した。

「お話をしてもいいですか」

「大きく動かなければかまいません」

「少し、聞いてくれると嬉しいです。筆は動かしたままでいいので」

私は鉛筆を動かし始める。

その手がまた止まるのに、ほとんど時間はかからなかった。

「ずっと会いたいと思っていました」

「え?」

「救助されてすぐ、一番にあなたに会いたいと思いました」

彼は続ける。

「再会したとき、鈴鹿さんはたくさんの感謝の言葉を僕にくれました。でも、違うんです。感謝するべきなのは僕のほうなんです」

「……渡良瀬さん」

彼が椅子から立ち上がる。私は動けない。

「鈴鹿さん。僕が生きようと思えたのは、あなたがいたからです」

彼が近づいてくる。

「あなたにまた会いたいと思ったから、頑張れたんです」

近づいてくる。目の前に彼が立つ。視界が揺れる。揺れているのは内側で、揺らしているのは私の心臓だった。とても速く、強く、鳴っている。

「今日の僕がここにいられるのは、あなたのおかげなんです」

彼の手が伸びる。

私の頬に触れ、その感触に驚き、薄く口を開く。

立ちあがれない。足に力が入らない。その代わりに、頬に触れている彼の手に、自分の手を添える。何かを許すみたいに。

やがて彼が近づき、とうとう唇を重ねる。反射的に目をつぶり、観察をやめる。見えない代わりに、私はすべてを感じる。

唇が離れて、見つめ合ったまま、彼が言った。

「鈴鹿さん、何か言ってほしいです」

「……言葉が出てきません」

「どうして?」

「言いたいことを、すべて言われてしまいました」

彼の手がまた頬に添えられる。唇がまた重なる。今度はさっきよりも長く、ゆっくり。

私は持っていた鉛筆を落とす。ころころと転がり、どちらかの足に当たって止まる。

残った理性で、最後に訊いた。

「付き合うということで、いいのでしょうか」

「僕でよければ、お願いします」

なんて返せばいいかわからなくて、どう笑ったらいいか、どう喜んだら適切なのかもイメージできなくて、だから結局、律儀にお辞儀をした。

「よろしくお願いします」

寝室もリビングと同じように、物がたくさんあった。あちこちにある雑貨が目に飛び込んでくるけど、どれもすべてが整理整頓されていた。だからそれほど窮屈には感じない。

ベッドが二人分の重さを受け入れて、きしむ。ベッドライトの明かりを消そうとしたとき、彼の手が止まった。

「つけたままにしますか？」

　穏やかな声だった。

「いえ、大丈夫です。消してください」

　彼が明かりを消す。少しの間、私を見下ろしていた彼の姿が消える。見えないまま手を伸ばすと、温かい頰の感触があった。渡良瀬さんがそこにいる。

　彼の素肌をなぞっていく。肩、腕、胸。

　リビングからの明かりがわずかに入りこみ、目がすぐに慣れる。渡良瀬さんがほほ笑んでいる。発作は起きない。もう起きない。暗闇が温かいことを、私は久々に思い出す。

　彼が私を撫でる。渡良瀬さんの重さを受け止める。

「好きです」

　切れる息の間で、私は言う。ようやく答える。

「渡良瀬さん、好きです」

その日の夜、私は事故以来、初めて明かりを消して眠ることができた。

5　大事なものほど見えないのかもしれない。

景さんのベッドで景さんの部屋の天井を眺めながら、景さんの匂いに包まれて起きる。彼は先にベッドから出ていて、すでにリビングのほうにいる。

ドアを開けると、とたんにコーヒーの良い香りがした。ドリップで丁寧に入れているところだった。程よくクーラーの効いた涼しい部屋。

「おはようございます、真結さん」

朝のゆるやかな空気のなかに、私の名前を呼ぶ彼の声が響く。

彼と交際を始めて一週間、名前で呼び合うことに決めて五日。心のなかでは慣れてきたけど、いまだに口に出すとき、少しくすぐったい。

「……おはようございます、景さん」

「今日は暑いそうですよ」

「七月に入ってますもんね」

「もう少しでコーヒーができるので、顔を洗ってきては？」

「そうします」

洗面台に向かう。廊下を出てすぐ、左のドアを開ける。洗面台には私が前から置かせてもらっている泊まり用の歯ブラシもある。

いつでもきていいと彼は言ってくれる。けれどさすがに毎日というわけにはいかないだろう。だから様子を見て、週に一度、お邪魔している。といってもまだ二回目。

顔を洗って戻ると、トースト半切れと簡単なサラダ、それにスープが並んでいた。トーストののった皿の横には、昨日の夜、お土産に私が持ってきたリンゴジャムの瓶が置かれている。

話していると、私も景さんも三食はきちんととるが、量自体はあまり食べないことがわかった。だからこの量がちょうどいい。景さんが小食というのは少し意外だった。体もがっしりしているし、体力を使うお仕事でもある。

朝食をとりながら、景さんが理由を明かしてくれた。

「昔はたくさん食べていました。ですが新卒で入った介護福祉士の会社が激務で、まともに食事をとれる時間があまりなかったんです。すきまの時間を縫って、少量を食べるような習慣が続いていたせいで、一食ごとに胃に入る量が少なくなったのかもしれません。いまだにそれが体に染みついているのでしょう」

「なるほど」

「でも、真結さんと食事をして心地良い時間が流れると、ついたくさん食べてしまうかもしれません。僕が太り始めたら指摘してください」

「わかりました。では、私にも遠慮なく言ってください」

そうします、と静かに返ってくる。皿と食器のこすれる音、それからラジオの音声が部屋に響く。テレビはお互いにつけない習慣で、だけどなんとなく部屋に音は欲しい。だからスピーカーとスマートフォンをつないで、ラジオ放送を流している。

「どうしました?」

うつむく私に景さんが声をかける。にやけているのがバレたくなくて、そうしていた。観念して答える。

「いいえ、男性とお付き合いするのが久しぶりで、自分が信じられなくて。私の人生にはもうないと思っていたので。ひと付き合い自体、もともと得意ではないですし」

　少しわかります、と彼がうなずく。

「僕ももう一週間経つのに、まだ少しふわふわと浮いた気持ちです。初恋みたいで恥ずかしい。大人になるほどなぜか、ひとに正直に好きだと伝えるのは難しくなる気がします」

「好きだという感情が、形として存在してくれたらわかりやすいですよね。いっそのこと誰もが見えるように定量化できたら楽なのに」

「大事なものほど、見えないのかもしれない」

　ラジオでは、パーソナリティが気のきいたトークを挟んだあと、朝に合わせた静かなジャズを流しはじめた。小鳥とかが外で鳴いたら優雅で完璧だな、と思ったら、本当に近くで鳴いた。優雅過ぎて、逆に可笑しさがこみあげる。忙しいときに栄養ゼリーを片手に徹夜している私といまの自分があまりにもかけ離れていて、思わず笑ってしまう。何かの舞台で演技でもしているみたいだ。

　だけどたまにはこういうのもいい。景さんといる間だけは、こういう時間であってもいい。ほかの時間がどれだけ最低でも、こういう、彼といる時間がひとつでもあればいい。

「午後からの『乗り換え駅』の会、出席しますか?」景さんが訊いてくる。

今日はいつものワークショップが開催される土曜日だ。土曜日の朝をここで迎えるのは初めてだった。

「そのつもりです。一緒にいきますか?」

「真結さんが困らないのであれば、僕は全然かまいません。もし隠しておきたいなら時間をずらして家を出ても良い」

「私ももう、大丈夫です。坂本さんたちに聞かれても、ちゃんと答えます」

景さんも了承するようにうなずく。一緒に行こう、ということになって、それから彼は話題を続けた。

「ご友人の坂本さんは、同じ車両に乗っていらした方ですよね」

「え?」

「吊革を握って立っていた姿を覚えています。イヤホンをして音を遮断しながら、文庫本を読んでいた」

一口分残ったサラダに手をつけようとして、持っているフォークが止まる。景さんが同じ車両に乗っていたことはなんとなく察していた。けれど具体的に、どの席に座っていたかまではお互いに話していない。そして景さんの語る坂本さんの姿は、私が見ていた彼女の角度と、とても近い気がした。

　おそるおそる訊いてみる。

「景さんはどこに座っていたんですか？」

「坂本さんのすぐ近くです。そして僕の横には真結さん、あなたが座っていたんですよ」

　ずっと隠していた秘密を、景さんはいつになく楽しそうに明かす。私はぽかんと口を開けてしまった。予想していた通りの反応だったのだろう、彼はさらに笑った。

「真結さんは黒のスニーカーを履いてました。大事そうにカバンを抱えながら、本も携帯電話も持たず、周囲を興味深そうに眺めていました」

　特徴が一致している。彼は本当に隣にいたのだ。そこまで指摘されて、私もようやく思い出した。

「……もしかして、右隣の角の席に座っていたジャケットの男性？　ずっと忙しそうにスマートフォンをチェックしていたひと？」

「メールの返信をしていました。あの日は問い合わせが多くて」

　事故に関する新たな事実が、こんな形で明らかになるとは思っていなかった。

あの日、隣にいた男性といま、私はこうして向かい合って朝食をとっている。仲を育み、交際をして、部屋にだって泊まる関係。

「どんな顔をしたらいいかわかりません。あまりにも不思議な縁で」

「いつ言おうかと思っていたんです。言えてよかった」

満足したように、彼が食事の速度をあげる。私が呆(ほう)けているうちに、一気に完食してしまった。

「私を不思議な気持ちにさせたまま一人で食事を進めないでください」

「真結さんはいつも、面白い拗(す)ねかたをしますね」

彼がまた笑う。私はますます拗ねたフリをする。ラジオのパーソナリティが時間と天気を告げてくる。午前の九時半を回った。天気は晴れだった。七月になって、気温は一気に三一度に上がろうとしていた。

景さんと歩む新しい一日が、今日もはじまる。

ワークショップ『乗り換え駅』が開かれる公民館についたとき、なかから誰かが出てくるところだった。おしゃれな帽子をかぶり、杖をついたお爺さん。家入さんだった。

　こんにちは、と挨拶しようとした瞬間、血相を変えて、きょろきょろと見回しているのがわかり、ただごとではないと察知した。

「どうされたんですか？」

「うぅ⁉」

　声をかけると、家入さんが怯えたように飛びあがる。その肩が震えている。第三者が目撃したら、まるで私たちがいまから暴力をふるおうとしているみたいに見えてしまうかもしれない。

　横にいた景さんがなだめるように「こんにちは。同じワークショップに参加しているものです。渡良瀬といいます。こちらは鈴鹿さんです」と説明する。それでようやく、家入さんが私たちを認識する。

「き、きみたちか。知ってる。もちろん知ってる」

「何かあったんですか？」

　公民館のほうを一度振り返ったあと、家入さんが私たちにぐいと迫ってきた。景さんが私をかばうように一歩出る。

「ここにいちゃだめだ」

「はい?」

「ここにいるとまずい！　わかったんだ！　きみたちもあの列車に乗っていたんだろう?　ならいますぐ……」

そのとき、私たちの背後にいる何かに視線が向き、家入さんが言葉を止める。戻ろうとしていた血の気がまた引いていき、顔がまっ白になる。振り返るが、彼の気を引いたらしいものは見つからなかった。公民館沿いに公園へと続く裏道があるだけだ。

家入さんはそのまま後ずさりし、手と杖を震わせながら立ち去ろうとする。

「家入さん?」私が呼びかける。

「ここにいないほうがいい……」

振り返ることなく、そのまま家入さんは道を折れて消えてしまった。それ以上声をかけることができず、私たちは見送ることしかできなかった。

顔を上げて景さんと目を合わせようとする。景さんは別のどこかを見ていた。それはさっき、家入さんが意識を奪われていた方向だった。

「あそこ」

「え?」

「あの木の陰です」

公園に続く通路に生えた街路樹。

彼が指す木の陰に一人の男性が立っているのに、ようやく私も気づいた。眼鏡をかけた三〇代くらいの男性。灰色のパーカーと黒のズボン。しまわれた記憶の一部が、その男性を見て反応する。

蝉の声が降ってきていても微動だにしなかったパーカーの男性は、私たちに見られていることに気づくと、とたんに身をひるがえして木の裏に隠れる。そのまま通りを抜けて、公園のほうへ走り去って行った。

「誰だろう。家入さんの知り合いでしょうか」景さんがつぶやく。

「……見覚えが」

私は答える。

「前に一度、見ています」

「どこで?」

「事故のあとに入院していた病院で。あのひと、一条さんの息子さんに話しかけてた。それからは……」

すっかり忘れていた。あの不審な男性の存在。

「同じ被害者だろうか」

「わかりません。でも私、それよりも前に、あのひとを見ている気が……」

「本当に？」

そう、もっと前に見ている気がする。でも、思い出せない。どこで見かけたのか、いつ目にしていたひとなのか。

ごうごう、と頭上でうねっていた風が下りてくる。夏なのにずいぶん涼しい風だった。蟬の声が止んでいた。

「とりあえず、ワークショップに行きましょう。遅れます」彼が言った。

「そうですね」

地下に下りると、ちょうどワークショップ『乗り換え駅』が開かれるところだった。参加者は日に日に少なくなっていて、いまでは一番多かった二六人の半分ほどの数になっている。椅子でつくるサークルも、心なしか小さくなっている気がする。

景さんと席に並んで座る。交代制だったはずの進行役は、気づけば今週も坂本さんが引き受けてくれている。

ワークショップは滞りなく進んだ。みんな事故を受け入れ始めているからか、いままでは最初のように途切れたり沈黙が落ちたりするようなこともなく、つねに活発に話し合われている。

隣に座る景さんと目くばせをする。沈黙が金であることを告げるような目つきで、私も察する。

家入さんのことを、結局私たちは明かさなかった。


本格的に夏が到来しようとしていた。暑すぎて出かける気にならないうちに、景さんとプールに行くことになった。なぜプールになったかはよく覚えていない。食事中の雑談で、最近まったく泳いでいないという話になり、酔った勢いでそのまま決定した気がする。景さんによればひとがあまり来ないうえに、日影で読書もできる良い市民プールがあるのだという。

景さんがまたカーシェアで車を手配してくれて、プールまでは一時間もかからずに到着した。

着替えて更衣室を出ると、景さんは先に木陰のスペースを取って待っててくれていた。日焼け止めに時間がかかったと謝ったが、本当は嘘だった。いまになって水着で後悔していた。

「あまり見ないでください」

「どうして。似合ってるのに」

「それは嘘です」

「僕は必要なときにしか嘘は言いません。いまは必要じゃない」

美大時代に一度着ただけの水着を引っ張り出して、前日こっそり部屋で試着してみた。サイズ的に問題なかったのでそのまま持ってきたが、やはりいまの自分の年齢に合うものを買いなおすべきだった。

プール内はほどよく空いていた。がらんとした寂しさがあるわけでもなく、にぎわい過ぎてプールに入ってもほとんど芋洗い状態、ということもない。知る人が知っている場所で、広々と子供たちも遊んでいる。走らないで、飛び込まないで、と注意する監視員の声も余裕があって、やさしい。

「良いところですね、ここ」

「気に入ってくれてよかった」

「入りましょうか。水着もじろじろ見られずにすみますし」

「いいじゃないですか、黄色とピンクの花柄」

「次、口にだしたら景さんの肖像画の服を同じ柄にしますよ」

「ごめんなさい。もう言わない」

笑って、景さんが私の手を引く。先週から仕事を再開したという彼の体は、ほどよく焼けている。私は暑くなればなるほど外に出なくなってしまうので、いまだに夏に順応せず白いままだ。日向に出ると、ごつごつとした肌や、色や、質感が、より強く強調される。男の腕と女のそれ。

流れるプールでぷかぷかと浮いたり、たまに歩いたりしながら、私たちは話をする。

「再開した仕事はどうですか？」

「思っていたより、休む前と変わりませんでした。訪問先も覚えていてくれて、ほっとしてます。ひとによってはすっかり忘れられてしまうところもあるから」

「そんなこともあるんですね」

「普通に受け応えはできるけど、同じ会話をしたり、同じ質問を受けたり、なんていうことはけっこうあります」

進んでいる肖像画の話もする。

「真結さんの描いてくれる自分を見ると、不思議と落ち着く。客観的に自分を見られます」

「まだ完成はしてません。下描きが終わっただけです」

「色もすでについているのに？」

「あれも下描きの工程の一部です。さらに本番用に色を足していきます」

「ありがとうございます。実は自分を描いた絵を自分の部屋に飾るのは少し恥ずかしいと思っていたんですが、あの絵なら、飾りたい」

「喜んでもらえてうれしいです」

自分で言って、そのあとに気づく。喜んでもらえてうれしい。仕事をする意味とは、結局それに尽きるのだろう。ライターも、肖像画も、介護福祉士の仕事も、本質にあるものは変わらない。必要としてくれるひとがいて、そのひとを喜ばせることができる。

日常のささいな真理にたどりついて、一人うれしくなり、体をなげだして浮いてみる。流されながら沈みそうになる私の体を、景さんがついてきて支えてくれる。たまにいたずらをするように、くすぐってくる。

プールに誰もいなくなると、二人で沈んでただよった。水のなかの景さんは、表情がよく見えなくても、動きでやっぱり彼だとわかる。丁寧に描かれた抽象画を見ている気持ちと、少し似ている。

ほどよく疲れると、私たちは木陰に敷いたピクニックシートで休憩した。景さんは横で読書をして、私は陽光が反射する水面をぼーっと眺める。ページをめくる音と、少し離れた木から聞こえる蟬の声、子供のはしゃぎ声と、はじける水の音、それらが耳をほぐしていく。永遠にここにいられそうだった。

右足の小指をつまみながらいじっていると、勘違いした景さんが本を閉じて尋ねてきた。

「退屈ですか？」

「いえ、そうじゃないです。古傷を見てただけです」

身を寄せてくるので、彼に見えやすいように足を向けてやる。ほらここ、と指をさす。

「右足の小指、少し曲がってるのわかりますか？」

「ううん、どうでしょうか」

比べやすいように左足とそろえてみせると、ようやく景さんは指の歪曲部分に気づいた。

「確かに、言われてみれば少しだけ」

「学生時代にできた傷です。模様替えをしてたとき、箪笥と床の間に挟んじゃったんです」

「それは痛そうだ」

「爪が割れて、びっくりするくらい血が出ました。ありったけの絆創膏を貼って病院に行って、治療を待ってる間は不安だったので母とかにも電話して」

「お母様はなんて?」

母は淡々と私の様子を尋ねてきた。早く怪我のことを伝えたいのに、生活はどうだとか、そんな質問を最初にされたのを覚えている。

怪我は大丈夫なのか訊かれたので答えて、とりあえず会話は普通にできることに安心したのか、母は私の不注意を責めるように小言を続けた。当時のことを思い出しながら、伝える。

「でも、怪我は無事に治ったんですね」

「骨折してたんですけど、でも講義はあるし課題もたくさんあるしで、歩き回っちゃって。それで少し変な感じで骨が戻っちゃったんです。主治医に一応相談しましたけど、日常生活に支障はないので、このままにしてます」

彼がうなずく。

「傷の癒し方はひとそれぞれ。ようは生き方に関わることで、正解がない」

「面白い感想ですね」素直な言葉がもれた。

傷の癒し方は、ひとそれぞれ。マニュアルのようなものはあっても、別にそれは規則ではない。速度も形もばらばらでいい。

事故で負った内側の傷も、少しずつ癒えている。まだ毎日というわけにはいかないけど、最近は明かりを消して眠れる日が増えた。彼と一緒に眠るときは必ず消せるようになった。励まし合って生きていく作戦は、いまだに遂行中だ。

気づけば周囲から日向が消えていて、空がどんよりと濁り始めていた。まさかと思っていると、やっぱり雨が降り出した。それがプールデートの終わりの合図だった。大事な日にはいつも雨が降る。

景さんはシートを片づけながら、「すごいなぁ、本当に降るなぁ」と楽しそうに笑っていたが、私は逆に不機嫌になり、自分の責任みたいに感じてしまって、更衣室から出るまで拗ね続けた。

駐車場まで濡れていく覚悟でいた景さんに、私はカバンから赤の折りたたみ傘をだしてみせた。準備がいい、とからかってくるので、肩を一度だけ叩いた。

雨粒がはじく音を同じ傘の下で聞きながら、車まで向かう。

「前から思ってるんですが、傘って不思議ですよね」景さんが言った。

「どう不思議なんですか」

「ひとが使う道具って時代やニーズに応じて、いろいろ形を変えたり機能を増やしたりしているじゃないですか。でも傘はほとんど形を変えてないし、機能も増えていない」

　言われてみればそうかもしれない。

「国が違っていても、ほとんどが同じ形のままです。雨を避けるのには、このサイズと形状が最適だと人類が導き出したわけです」

「机とか椅子も、そういう種類のものに入りそうですけど」

「そうですね、変わる必要のないものたちだったんでしょう。変わることを許されなかったものたち」

　私も何か、傘に対する雑学であるとか気づきであるとかを披露できればよかったが、あいにくひとつも思い浮かばなかった。おそらくひとよりも使う機会が多いはずなのに、何も感想が出てこない。

「景さんはどんな簡単なものにも、難しい話をしそうです」

「よく言われます。気取ってるぞと、からかわれることも」笑って彼が答えた。

「そうですね。少し思います」

彼がもっと笑う。

とにかく母がくれたこの傘は、私たちを雨からちゃんと守ってくれている。普通の折りたたみよりも大きくて、台風も防ぐらしい頑丈な傘。

「次はどこにいきましょうか」

車に乗り込んだところで、話題が変わる。駐車場から通りに合流するために集中している彼の横で、答えを考える。

近場でのんびり夏らしいことをするのもいいけど、いつか旅行にも行きたい。けれど毎回、こうして車を出してもらうのは申し訳なかった。遠出をするには、やはり乗り越えなければならない傷がある。私たち、ふたりとも。

「電車にまた、乗れるようになれたらいいですね」

「……うん。そうですね」

私の返事は彼の質問の答えにはなっていなかったけど、思考の流れはきちんと伝わっていたようだった。同じようなことを、同じように考えていたのかもしれない。

「電車に乗れれば、新幹線にも乗れる。飛行機を使ってもいいけど、乗れるようになるのに越したことはない。行けるところも増える」

「飛行機だと不便で行けないようなところにしましょう。電車でしか行けないようなところに、いつか旅行に行きたいです」

「そうしましょう。そこで克服のお祝いを」

「楽しみが増えました」

雨音に混ざって、どこかで電車の走る音がした。


ワークショップ『乗り換え駅』の会は毎週土曜、午後一時半から行われる。今日は少し早く家を出て、外で昼食を済ませることにした。『喫茶ぺーぱー・むーん』で昼食を取るのは久しぶりだった。

景さんも誘おうかと思ったが、迷って結局やめた。彼から行きたいと言われたり、誘われたりすれば断ることはないが、なんとなく一人の時間を持っておきたい気分だった。そんな風に、向こうも気を遣ってくれているのがわかるときがある。直接話して確かめたことはないけど、外れてはいないと思う。一人の時間を持つことの重要さが同じくらいの人と出会えることを、奇跡と呼ぶ。

店内で上映されていたのはヒッチコックの『裏窓』だった。この店でもう三回くらいは観ているかもしれない。それでも、発見の尽きない映画だ。

注文していたサンドイッチとコーヒーのセットをマスターが運んでくる。今日は私ひとりだとわかって、丁寧な映画の解説を添えてくれた。

「序盤のほうで、ベランダにマットレスを敷いて寝ている夫婦が出てきますよね。雨が降って慌てて部屋のなかにマットレスを入れようとするんですが、監督のヒッチコックがここでいたずらをするんです。夫役のほうに右の窓からマットレスを入れろといって、妻役のほうには左の窓から入れろと指示していました。お互いに別の指示を受けて、それを守ろうとするので二人は大慌てな訳です。リアリティにも、色々つくりかたがあるのですね」

例のごとく、マスターの説明は前に聞いていた内容とほとんど被っていたけど、私は最後まで興味深く聞けた。マスターの声色や言葉遣いでなければ、飽きて途中で指摘していたかもしれない。

映画が終わると、ちょうど出発する時間だった。

店を出てバス停まで移動する。そこで見知った顔に会った。並んでいるところへ私が近づき、向こうも気づいて手を振ってくる。

「坂本さん、こんにちは」

「鈴鹿さんもワークショップ？」

「そうです。久々に一緒のバスですね」

バスがやってきて、ほかの乗客とともに乗りこむ。席は空いていなかったので、並んで立った。

私はワークショップに誘ってもらったお礼を、あらためて坂本さんに伝える。会が終わったあとはいつも誰かに囲まれているので、ちゃんと話す機会があまりなかった。

「参加してみて、よかったです」

「特別な出会いもあったみたいだしね」

言われている意味はすぐに理解した。坂本さんの柔らかな笑みは隠しごとが無駄であると示していた。やはりどこかで気付かれていたらしい。

「渡良瀬さんは、良い人です」

「もしよかったら、今度ゆっくり聞かせて。お茶でもしながら」

「もちろん。ぜひ」

会に参加しなければ彼には再会できなかった。さらに元をたどれば、坂本さんに出会い、誘ってもらわなければたどりつかなかった未来だ。だから誰かに景さんとの関係や日々を話すなら、一番目は坂本さんがいい。

「鈴鹿さんだけでも満足してくれてるなら、会を続けてる意味があるわ」

「どういう意味ですか？」

さっきまで楽しそうだった笑みが、弱々しいものに変わっていく。バスが一度停まって、動きだし、坂本さんが明かす。

「欠席者が最近増えてきていて。昨日ももう会には参加できないって、いつもの参加者からメッセージが」

「理由は？」

「聞いたけどまだ返ってこない」

坂本さんが続ける。

「あたしの進行がつたないからかな」

「そんなことありません。会に参加しないのは、必要なくなったからだと思います。みんな、前に進めるようになったから」

「そうだといいけど」

「坂本さんが原因だなんてこと、ありえません。いつもみんな坂本さんに頼りっきりなのに。感謝されることはあっても、責められるいわれはないはずです」

「ありがとう。やさしいね。ちょっと楽になった」

「事実ですから」

メッセージを残すだけ親切というべきか、理由を明かさずにやり取りを打ち切ったことに不信感を抱くべきか。

とはいえ、参加者が減ってきているのも、またひとつの事実だ。私が坂本さんに訴えたとおり、単純に心の傷が癒えて『乗り換え駅』の会を卒業したと見ることもできる。けれど私は同時に、家入さんのことも思い出す。

血相を変えて、急に怯えだし、もう参加しないと言っていた家入さん。ずっと穏やかだったあのひとの態度の急変ぶりを、私はまだ説明できない。

それに――。

「それに最近、妙なこともあって」

思考と重なるように、坂本さんが言葉を紡いだ。我に返って話を聞く。妙なこと？　何があったのだろう。

「家の前で誰かが待ち伏せしてるのよ」

「なんですか、それ。ストーカーですか？」

「わからない。でも男性だった」

男性。

待ち伏せ。

思わず、私は訊ねる。

「もしかして灰色のパーカーを着てませんでしたか？」

外を見ていた坂本さんが私のほうを向く。

「た、たぶん。よく見えなかったけど、ええ、確かにフードみたいなものをかぶってた。どうして？　なんでわかるの？」

ちょうどバスが、目的地のバス停につく。私と坂本さんは会話を一度打ち切り、バスを降りる。公民館へ向かう通りを歩きながら、私は入院先の病院で男を見たことを明かす。家入さんのことも説明した。

「そのパーカーの男、家入さんが来なくなったことと、関係があるのかな？」

「わかりません。でも家入さんを怯えさせていた男と、坂本さんの家の前に待ち伏せしてる男がもし一緒なら、もしかしたら、『乗り換え駅』の会とも関係があるのかも」

家入さんと坂本さんの共通点はそのひとつだろう。

公民館に入る前に、私と坂本さんは隣の公園と図書館の周辺を歩いてみた。パーカーの男はいなかった。坂本さんは次もしあらわれたら、警察に相談してみると言った。

公民館の地下に降りて、いつもの会議室に入ると、すでに大学生の内海くんと景さんがいた。二人で手伝い、椅子を並べてサークルをつくっていた。

しかし時間になってもほかのひとはこなかった。

「今日は四人だけですか？」不思議そうに内海くんが言った。

結局、並べたサークルの椅子のほとんどが埋まらず、始まる前にあらかた片づけてしまった。

参加者が、劇的に減った一日だった。


会の不穏さと反比例するかのように、景さんの肖像画は着々と進んでいった。ライターの記事執筆の仕事も落ち着き、清住さんからもまだ次のスケジュールの連絡は来ていなかったので、今週は時間があった。活動できる時間のほとんどは景さんの肖像画に充てた。実物の彼とは一度も会うことなく、私はとうとう絵を完成させた。あとは乾くのを待つだけだ。

　本人に報告しようとしたところで、ちょうど向こうから電話があった。

「明日の午後、空いてたりしますか？」

「明日ですか」

「急にすみません。連れていきたいところがあるんですが、仕事の用事でちょうど明日寄るので、もしよかったら。後日でも全然かまいませんけど」

　スケジュール帳は空白だった。絵の報告も直接できるので、ちょうど良いと思った。

　翌日の午後二時すぎに、景さんが車で迎えにきた。運転のしやすさが気に入ったのか、この前カーシェアしたものと同じ車種だった。

「一時間だけ仕事で訪問介護先のお宅に寄るのですが、かまいませんか。車で待っていてもらうことになるかも。それかあたりを散歩してきてもいい」

「大丈夫です。じゃあ気が向いたら、散歩します」

「といっても住宅街だから、何もないけど」

　どこへ向かうのか尋ねると、車で一時間ほどの場所だった。私を連れていきたい場所は、以前、仕事の帰り道に偶然見つけたらしい。

「連れて行きたいというよりは、一緒についてきてほしい場所ですね」

「どんなところなんですか？」

景さんは小さく笑うだけだった。着くまでは内緒らしい。答えを避ける代わりに、彼は言った。

「この前、プールで真結さんと話したときに思ったんです。僕たちはまだ傷を癒している途中だし、それをやめちゃいけない。『乗り換え駅』の会もとても有意義な時間だけど、いつまでも続くとは限らない。会での時間に頼り切るだけじゃなくて、自分たちで乗り越えていく必要も、きっとある」

減っていった参加者たちのことや、『乗り換え駅』の会については、やはり景さんも気にかけていたらしい。

彼が車を加速させて、高速道路に入る。

「いつまでもカーシェアというわけにもいかない。電車に乗れるようになるか、自分の車を持つか。車を持ってもいいけど、そうすると僕は、もう二度と電車に乗らなくなる気がしてしまう」

「今日一緒に行くところも、傷を癒すための場所なんですね」

もしくは乗り越えるための場所。私たちはまだ電車に乗ることができない。私は駅にすら近づけない。

「効果があるかはわかりません。でも見かけたとき、ぴんときたんです」

行ってみましょう、と私は短く答えた。それで会話が止まった。絵が完成したことを告げようかと思ったが、なんとなく言いだせなかった。そのうち景さんが今日伺うお宅の特徴を教えてくれた。

「赤い屋根の一軒家です。介護するのは旦那さんのほうで、いつも奥さんが玄関まで出迎えてくれる。そこで一つ二つ話をする。最近はいつも同じ話題で、近所の犬がかみついてきそうで怖いっていう悩みの話」

「犬ですか」

「奥さんは話しながら、ポストをなでるんですよ。なぜか絶対」

やがて車が高速を降りる。一般道を進み、国道を折れて住宅街に入る。坂道の途中、Y字路にさしかかったところで、彼の今日の仕事先である赤い屋根の一軒家があらわれた。近くの道に車を停める。確かに散歩をしてもあまり目ぼしいものはなさそうな場所だった。

行ってきます、と言って荷物を担ぎ、景さんが車を降りる。エンジンは切らず、クーラーをかけたままにしてくれている。ハザードランプがかちかちと規則正しく鳴る音を聞きながら、私は助手席からその後ろ姿を見守る。

門の前でインターホンを押し、景さんが待っていると玄関ドアが開いてお婆ちゃんがあらわれた。彼のもとに笑顔で近づいていき、門を開ける。彼が運転中に話していたとおり、そこで雑談が始まった。お婆ちゃんは話しながら郵便ポストの頭を撫でていた。何から何まで彼の言った通りの光景になって、少し面白かった。私が『喫茶ぺーぱー・むーん』のマスターの行動を当てられるようなものだろうか。

近くで犬が鳴いたのを合図に会話が打ち切られ、二人は家に入っていった。私は持ってきたトートバッグからミニサイズのスケッチブックを出し、適当にアングルを決めてから、鉛筆でスケッチしはじめた。時間潰し用に持ってきていたのだった。

手を動かしているうち、あっという間に景さんがもどってくる。何かあったのだろうか。しかしスマートフォンを確認すると、あれからきっかり一時間経っていた。集中しすぎて、時間が飛んでいた。

トートバッグに道具をしまうのと同時に、景さんが到着して車のドアを開ける。

「お待たせしました。暑くなかったですか?」

「いえ、快適でした」

景さんは後部座席に荷物を置く。仕事は無事に終わったらしい。時間は夕方の四時を過ぎている。

「向かいますか？」

「そうですね、行きましょう。少し涼しくなってきたし、ちょうどいい」

車が動きだし、さっきとは反対方向に住宅街の坂を下りていく。

突きあたった道は線路沿いになっていた。走ってくる列車を見かけないまま、線路沿いの横道を進んでいく。眺めていると、線路が列車一本分しか通っていないことに気づく。

「単線だったらしいです。おもに貨物の運搬に使われていたそうだけど、僕も詳しいことはわからない」

パーキングがあらわれて、彼が車を停める。外に出ると確かに少し涼しくなっていた。近くの山から、蟬とひぐらしの声が混ざって聞こえてくる。

彼の横に並んでついていくと、連れて行きたかった場所というのが、まさにこの線路だったことがわかった。

蔦が絡まり、完全に職務をまっとうし終えた踏切があらわれ、線路を横断する途中で彼が立ち止まる。

「廃線になってて、とっくに使われていない線路なんです。この前は子供たちがこのあたりで遊んでたけど、今日はいないみたいですね」

使われていないとはわかっていても、踏切の真ん中で立ち続けていると、妙にそわそわしてしまう。習慣からくる本能的なものなのか、もしくは事故で抱えた内側の傷が顔をのぞかせはじめているのか。

「僕たちも少し、歩いてみませんか?」

彼の意図を理解する。列車と関連した場所であることは間違いない。線路を歩いてみれば、心理的に何かは変わるかもしれない。そしていまのところ、駅を前にしたときのような動悸はなかった。

「良いリハビリだと思います。けど、本当に怒られませんか?」

「怒られたら、謝りましょう」

シンプルな返事で思わず笑ってしまった。そんなものかもしれない。そんなものでいいのかもしれない。

景さんが一歩先を行く。踏切からは少し段差があって、線路に降りると、ごろ、と敷石がこすれる音がした。

降りられるよう、景さんが手を差し出してくる。手を伸ばそうとしたところで、止まる。もし発作が襲ってきたら？

私の躊躇を察して、彼がそっと言ってくる。

「無理はしなくていい。せっかく来たからとか、そういうことは考えなくていいです。ゆっくりでいい」

ありがとうございます。そう答えた。口に出せていたかはわからない。

ひとつ呼吸を置いて、間を開ける。

それで素直な思いがあふれた。それは私がこれまで一人で、ずっと抱えてきたものだった。

「私はあまり自分が好きではありません。できることも少なくて、自信が持てなくて、そんな自分が嫌いだと思うこともありました」

私は手を伸ばす。彼の手を取り、つなぐ。

「でも、景さんが好きだといってくれる私なら、少し自分が好きになれそうです。自信が持てそうなんです」

彼に手を握られながら、一歩、跳ぶ。

着地すると、同じように敷石が私の体重を受け止めて、ごろ、と鳴る。発作はやってこなかった。そっと歩き進めてみても、足が震えることもなかった。一歩ずつ速度を上げていき、やがて完全に、安定していった。

線路のなかを二人で並んで歩くと、ほんの少し狭かった。だから半歩だけ彼が前に行く形になった。線路のなかで歩きやすい場所を見つけて、一歩ずつ進んでいく。慣れると少し速くなった。

足裏から伝わる敷石の固さを私は知っていた。列車事故の日、トンネルのなかで踏んだ感触と同じものだった。

「大丈夫？」尋ねてほしいタイミングで彼が声をかけてくれた。

「……はい、まだ大丈夫です。景さんは？」

「僕も大丈夫です。でも、さっきも言ったとおり、無理はせず」

私たちは線路を歩き続ける。左脇にはさっき走ってきた道があって、車が何台も行き来していた。誰も何も言ってこないし、車を停めてわざわざ見物してくるものもいない。

右側も同様に住宅街と、小さな道が並走している。原付の配達員が道を通っていたが、やはりこちらを見向きもしない。この町の住民たちには当たり前の光景で、カップルが遊んでいるようにしか見えないのだろう。事実、線路のわきには紙パックのジュースやペットボトル、雑誌、しぼんだボールなどが散乱していた。近くの学校に通う小学生が捨てていったのか、授業に使うパレットの残骸も落ちていた。それで絵のことを思い出した。

「そういえば、景さんの絵が完成しました」

「本当ですか？」

「はい。つい昨日」

「楽しみです。早く見たい。今度、家に行ってもいいですか？」

「絵の具が乾くまで、もう少し待ってください。そのとき渡します」

景さんの絵を描き終えてから、いまはふつふつと他の絵をどんどん描きたいという欲求がわき上がっていた。さっきのような、ちょっとした待ち時間でもスケッチブックを出してしまう。純粋に描くことがいつも以上に楽しかった。こんな気持ちは久しぶりだった。創作にかける精力がみなぎっていた学生時代の初めの頃と比べても、決して劣らない高揚感。次は何を描こう。

「この線路はどこまで続くのでしょうか」景さんが言った。

レールの先がゆるやかに曲がり始める。両隣にあった住宅街や通りは消えて、やがて斜面に変わった。日影に入って、薄暗くなる。夏なのに少し肌寒さすら感じた。

山を切り開いたかのような道。この雰囲気に覚えがあって、さらに歩き進めると案の定、開けた視界の先にトンネルがあらわれた。

「行き止まりみたいだ」

トンネルは岩や木など、何かの資材で丁寧にふさがれ、なかに入れないようになっていた。立ち入り禁止のテープが何重にもなって貼られている。子供たちが遊べないよう、誰かが意図的にふさいだようだった。

怪物の口。そこにぎゅうぎゅうにつめこまれた異物で、吐きだすことも吸い込むことも、噛み砕くこともままならない。そういうイメージが湧いた。何かの叫び声が聞こえた気がしたが、隙間から洩れる風の音だった。

叫び声。あのトンネルのなかでも聞こえた。

すべてが吹き飛んでいったあの日。何もかもが見えない時間が続いた、あの暗闇。記憶がよぎる。流れ込んでくる。

私は駅のホームに立っていた。列車が停車する。6という数字。6号車に乗り込んで、近くに空いていた適当な席に座る。

次の駅で親子が乗ってくる。一条さん親子。雨が降り出していた。そう、傘がないと嘆いていた。一条さんたちに席をゆずった女性。名前は？

電車が走り続ける。私はどこに向かおうとしていたのだろう。私服だ。荷物もそれほど多くない。やがて次の駅に停まる。隣の席の誰かが下りて、代わりに男性が座る。隅の席。スマートフォンを操作し続けている男性。このひとが景さんだった。

青年が二人。一人は内海くん。友人に促されて立ち、お年寄りの家入さんに席をゆずる。もっとひとが乗り込んでくる。会の参加者と顔が一致しているひとと、そうでないひと。乗務員か駅員か、制服を着た男性がドア付近で乗客の邪魔にならないように立っている。

坂本さんが近くで立っている。ヘッドフォンで音楽を聴く男性を避けて、ワイヤレスイヤホンをする。ヘッドフォンの男性は、三位さんだった。いま思い出した。坂本さんはスティーヴン・キングの文庫本を出して読み始める。近くでは男女が会話している。雑談。

そしてトンネルに入り、叫び、消えて、暗くなり、声が――。

「真結さん！」

肩に手をかけられて、彼の声で我に返る。

気づけばトンネルの目の前にいた。資材で埋められたトンネルの入口とその暗闇が、視界をおおっていた。ほんの数センチ先に立ち入り禁止のテープがあった。いつの間に、ここまで近づいていたのか。

景さんのほうを振り返る。肩を強く摑みすぎたと謝りながら、彼が心配そうに言ってくる。

「何度呼んでも、止まらないから」

「すみません。いろいろ思い出してるうちに、気づいたら……」

「あの日のことを？」

はい、とうなずく。押し寄せる記憶を自分では止められなかった。映画館の席に縛られて、強制的に映像を流されたような気持ちだった。速度も、イメージも、自分でコントロールできない。

「鮮明な記憶でした。私は記憶を失ってるわけじゃなくて、ちゃんと頭のなかにあって、それをまだ完全に上手く引き出せないだけなんだと思います」

「……それがわかったのはたぶん良いことだと思います。けど、今日はもう帰りましょう。陽も落ちてきた」

「そうですね、そうしましょう」

私たちは元来た線路を引き返していく。だけど意識の半分はまだ、流れ込んできた記憶のなかにあった。

車に戻るまでの間も、戻って走り出してからも、景さんは運転しながら私を気にかけてくれた。

「本当に大丈夫ですか？　ずいぶん、ぼーっとしています。負担になりすぎてないなら、いいけど」

「いえ、そんなことありません。あそこに行ってよかったです。景さんは、カウンセラーにもなれると思います」

「ただの思いつきですよ。でも、まあ、僕自身も少し楽になった気はします。一人じゃ行く勇気はなかった」

車が高速に乗る。

ぽつり、と窓に雨粒が当たる。

帰宅してから、私はアトリエ部屋にこもって絵を描き続けた。スケッチブックで構図を決めてから、キャンバスに移っていった。

どうしても描きたい絵があった。描かなければならない絵だった。あの日の光景を映した絵ではない。乗客たちの絵でもない。列車事故とはいっさい関係ない。でも、あのトンネルに近づきながら浮かんだもの。私はとにかく、その絵を描き続けた。いまわかった。これまでの人生で、それを描くことから、私はずっと逃げ続けていたのだった。

夜が明けて、土曜日になり、今日は『乗り換え駅』の会だったと思い出す。悩んだが、筆を一度置くことにした。

シャワーをよく浴びたあと、着替えて歯を磨き、外に出る。水たまりがいくつかできていたが、よく晴れていた。今日も暑くなるだろう。風が運んでくるのは熱気ばかりで、あまり涼しくはない。

スマートフォンを確認するとメッセージが何件か届いていた。編集さんから記事執筆の仕事のメッセージ、それから景さん。返事を打とうとしていたところへ、バスが来る。

仕事先への返信をまず済ませて、それから景さんからのメッセージを確認した。思わず目を見張る。短く、そして注意を引く文章だった。

『今日の会、中止になるかもしれない』

バスを途中で降りようかと迷ったが、そのまま向かうことにした。彼は先に行っているようだし、返信するよりも直接確かめた方が早いだろう。

公民館の会議室に到着すると、案の定、その理由がすぐにわかった。会議室にいたのは景さんと、それから坂本さんだけだった。

坂本さんが小さくため息をついて言う。

「せっかくきてもらって悪いけど、三人だけじゃ、会議室使ってもしょうがないわね」

開始まであと五分あり、それまでにほかの参加者がこなければ中止しようということになった。もしくは三人で、近くのカフェでお茶をしてもいい。

参加者は結局やってこなかった。前回は来ていた内海くんもあらわれなかった。念のためにもう一〇分待ってみたが、誰も来なかった。

三人で会議室を出て、階段をあがる。

「この会も終わりかもね」坂本さんが言った。

「役割を果たしたとも言えます」

景さんが添えたその意見を、坂本さんは気に入ったようだった。役割をしっかり果たした。自然な解散。そうだといい。みんな、日常を取り戻し、自分たちの生活をするのに忙しくなった。

「どうしましょう。このあとお茶でも――」

景さんが言いかけて、そのとき、足をぴたりと止める。彼が見上げた階段の先を、私たちも見る。

男がいた。

一階のロビーに、あの男がいた。灰色のパーカーを着ている例の男。

男と私の目が合い、あ、と声が出た。

それに驚いたのか、それとも偶然か、男が逃げだす。姿が隠れて、出入口の自動ドアが開く音が聞こえ、それから走り去っていく音が続く。あっけにとられて、私たちは動けない。

そしてよぎった記憶をたどり、私は確信する。

「……思い出した」

「え?」

景さんと坂本さんが見てくる。

母の言葉がよぎる。あなたはひとが見逃すものが見える。記憶のなかに、観察していたもののなかに、あの男はいた。

「あの人、見たことがあります」

「入院先の病院で見たと、前に話していました」

「そうじゃなくて、それよりも前」

私は答える。

「あの列車事故の日、私たちと同じ車両に乗っていました。ドア付近に立ってたんです。あのときと服装が違っていたし、眼鏡もしていなかったので、いままで思い出せなかった。けど、間違いないと思います」

もうはっきりと思い出せた。

「あのひとは、鉄道会社の職員です」

6　暗闇が消えることはない。決して。

灰色のパーカーを着ている眼鏡の男。服装こそ違うが、私が車内で見た制服姿の乗務員と顔は同じだった。

「あの男よ。あたしの家の近所にいたのと、同じ男。電柱の裏にいた」

逃げた男を景さんが追ってから五分ほどが経っていた。私と坂本さんは公民館のロビーのベンチに腰かけて待っていた。まもなく、景さんは汗をぬぐいながら一人で戻ってきた。

「だめでした。逃げられました」

どうして逃げるのか。こちらが三人で、数が多かったから？　一人であれば接触してきたのだろうか。

自販機で買っておいた冷たい水を差し出すと、景さんはお礼を言って、一気に半分ほど飲みほした。落ちついてから、ロビーにある別のテーブル席に移動する。館内にはほかに誰もいない。

「何が起きてるの？」坂本さんがつぶやいた。

景さんが答える。

「家入さんと前にお会いしたとき、あの男性を見て怯えているようでした。真結さんの記憶が確かなら、鉄道会社の職員が僕たちの周囲で動き回り、定期的に尾行していることになる」

「なんのために？」

「わかりません」

景さんは考えながら、ゆっくりと答えていく。

「ただ、あの男性が僕たち以外の会の参加者にも接触していた可能性は、十分に考えられます。ここのところ、急に参加者がこなくなったことと、無関係ではないのかも」

「会社に指示されてるとか？」

坂本さんが思いついたように、ぱっと顔を上げる。

「会社に指示されて、あの列車事故の被害者たちを探し回ってるとかは考えられない？」

「何のために？」私が訊く。

「脅すためとか。あの列車事故で、何か鉄道会社側に不都合なことをあたしたちが知ってると思ってる。それで隠ぺいしようと、脅してまわってる」

動揺していた家入さんの表情を思い出す。鉄道会社の職員であるあの男性に脅されて、参加者はここにこなくなった。脅すまではいかなくても、何か忠告されたり、指示をしたりということは、あるのかもしれない。

「金銭で口封じを持ちかけられたとかもあるかも」

坂本さんが続ける。

「だいたい、そもそもあの事故って変じゃない？　トンネルに閉じ込められるなんてこと、普通ある？　出入口が両方土砂でふさがれて、あたしたちは出られなかった。何か、そう、トンネルの耐久性に致命的な不備があったんだわ。それを隠そうとしてるとか」

熱を帯びる坂本さんを落ち着かせるためか、景さんは否定することなく、彼らしい温和な仮説を出す。

「示談の相談に来たとかか？　あれから鉄道会社から連絡はありません。もしかしたら個別に対応しようとしているのかも」

「でも、それならどうして逃げるんです？」

思わず私が質問してしまう。坂本さんの仮説を完全に支持するわけではないが、一方で坂本さんを落ち着かせるためとはいえ、景さんの話を押し通すことにも無理を感じる。

「家入さんは怯えていました」

「……確かに。相談というよりは、注意や警告、脅しという表現のほうがしっくりくる」景さんが認める。

余計な反論をしてしまったかと後悔しかけたが、景さんと目が合い、浮かべた表情から杞憂だったとわかった。

「会社の指示か、もしくはあの男性職員個人の判断かはわかりませんけど、なんらかの危害を加えようとしている気配は、私も感じました」

気配。まさに言葉通り、私自身はまだ話しかけられていないし、接触されてもいない。むしろこちらから近づこうとすると避ける。男性はどこかずっと、慎重な態度を見せている。適切なタイミングを見計らい、それをずっと待っているような雰囲気。

「これからどうすればいいの？」坂本さんが言った。

「なんともいえません。いま話したことはすべて僕たちの仮説にすぎませんし。いまのところは実害を加えられているわけではないから、警察に連絡してもこちらの期待しているようには動いてくれないかも」

数秒の間があいて、坂本さんが席を立つ。

「あたしは家の前まであの男につけられてる。十分に実害だと思うから、警察に連絡してみる。なにかわかったら、知らせるわ」

今日は帰るというので、それで私たちも解散になった。みんなで同じバスで帰ったが、会話はひとつもなかった。

ワークショップ『乗り換え駅』の会に参加し、坂本さんやほかの乗客の方たちの話を聞き、自分は一人ではないと安心できた。何より景さんと再会できて、内側に抱えていた傷が少しずつ癒えていき、このまま順調に日常に戻っていけるのだと、むしろ前よりも良い日々が続くのだと思っていた。そんな自分に誰かが、こうささやきかけてきている気がした。暗闇が消えることはない。決して。

生活に必要な行動をのぞけば、私の一日はたいていライターの仕事をしているか、絵を描いているか、『喫茶ぺーぱー・むーん』で過ごすか、景さんと一緒にいるか、あのワークショップに参加しているかだけで構成される。今日はその習慣のどれとも違うことをした。具体的にはテレビを観た。

すでに列車事故のことを報じている番組はなかった。どこかの野球選手が不倫したとか、最近は若者の間でこんな言葉が流行っているだとか、どこかで誰かがズルをして不公平だとか、どれも明日には忘れてしまいそうなニュースばかりが流れていった。

ネットで事故のことをあらためて調べてみたが、新しい情報はほとんどなかった。あの路線は一か月ほど前から運行を再開していた。私と景さんがちょうど付き合い始めた頃だ。

まだ一か月。付き合ってそれだけしか経っていないはずなのに、それ以上の時間を彼と過ごしている気持ちだ。たぶん、過ごした時間の長さではなく、流れた時間のなかでどう過ごしたかという、濃度の問題なのだと思う。それを具体的な数値にできたらいいのに。そこまで考えて、いつか彼と話した話題を思い出す。ひとをどれだけ好きかという、その愛は定量化できない。

列車事故の記事を閉じて、スマートフォンを置く。事故以来、ずっと仕事用スマートフォンをプライベートと兼用で使ってしまっている。差し迫って困っていることが特にないから、変えるのも忘れていたのだろう。

あえて挙げるとすれば、学生時代の友人の連絡先を根こそぎ失ってしまっていること。電話番号やチャットのＩＤなど思い出せない。たとえば何か、日常で困っていることが起きても相談できる相手はいない。怪しい男性が周囲を嗅ぎまわっているとか、鉄道会社の雰囲気がどこかおかしいとか、そういう話題を気軽に持ち出して相談できる相手というのは、友人にはいない。家族にも連絡はできない。私の上京が順調ではないという口実を与えてしまう気がする。ひとに頼るというのは、ある意味では自分の弱さを明かすことでもある。いまの私は、自分の弱さを両親に明かす勇気がない。この問題を共有できるのはやはり景さんと、そして坂本さんだけだった。

洗濯物を畳み終えて、カーテンの隙間から外をのぞく。階下から、横から、階上から、室外機の音が聞こえてきて、エアコンの冷房が休みなく稼働しているのがわかる。今日も暑くなりそうだった。夏の日に涼しい部屋で一人いて、なんとなく、会いたいな、と思う。彼に会いたい。

祈りにスマートフォンが応えたのは夕方ごろだった。着信があって、景さんからだった。ソファで居眠りをしていたところ、その着信音で起きた。

「もしもし、景さん」

「ごめんなさい。忙しかったですか？」

「ソファの寝心地を確かめるのに忙しかったです」

一秒置いて、ああ、と冗談を理解するように笑い声が返ってきた。声が聞けて安心して、さらに思いがつのる。会いたい。見えないままじゃなくて、姿を目にしたい。

「特に用事はないんですが、なんとなく、声が聞きたくて」景さんが言った。

会うときや話すときは必ず要件や話題を持ってきてくれる彼が、初めてそういうことを言ってくれて、少し驚いて、とてもうれしかった。

「何か話をしますか？」私は答えた。感情を隠して、寄り添うみたいに。彼を支えられる自分になりたかったのかもしれない。

「今日は何をしてました？」

「普段と少し違うことを。テレビを見たり、お昼寝をしたり。景さんは？」

「僕もです。ボーっと過ごしてました。仕事の予定もなかったし、趣味に出かける気にもなれなかったから」

「今日は暑いですからね」

「うん、特に暑い。暑すぎからかな、蟬の鳴き声もあまり聞こえない」

とりとめのない会話。意味がほとんどないやり取り。価値も、効率も、見いだせない時間。だけどなぜか、彼と過ごすどの時間よりも安心できた。

もう隠せそうになくて、それでとりつくろうのはやめて、とうとう伝えた。

「景さん」

「はい」

「会いたいです」

さっき冗談を言ったときみたいに、少し間が空いた。彼は笑わなかった。

「……いまから？」

「はい、いまから」

暑いと話したばかりなのに。

「景さんに会いたいです」

会ってどうでもいい話がしたい。その手に触れたい。顔が見たい。彼になでられたい。

「わかりました。準備して向かいます。一時間後くらい」

「掃除して待ってます」

「ついでに夕食もつくりましょう。何か買っていきます」

「それなら、バス停まで迎えにいきます。途中のスーパーで一緒に買い物をしましょう」

「バスに乗ったら連絡しますね」

　何気なく窓まで移動し、カーテンを開ける。午後の五時を過ぎているが、外はまだ明るい。どれくらい暑いのだろうかと窓を開けてベランダに出る。思わず猫背になるような熱気に包まれる。

「外、本当に暑いので――」

　気をつけてください、と続けようとして、言葉が切れる。

　見下ろした先、マンションの前の通りに意識が奪われる。

　ゴミ置き場の横に男性が立っていた。灰色のパーカーを着た例のひとだった。鉄道会社の職員。じっとこちらを見上げて、私が男性に気づいても逃げず、じっと目を合わせつづけてくる。まだ逃げない。そこにいる。

「……景さん、います」

「え？」

「……あの男がいます。鉄道会社のひとが、外の通りに。坂本さんが言ってたとおりです。家の前まで、つけられてたのかもしれません」

私のところにもとうとう来た。こうなることは想像していなかったわけじゃない。けど、思っていたよりもずっと早かった。災害みたいに、こちらの都合に合わせてくれるわけではない。

景さんはすぐに事態を察してくれたようで、声色を変えて答えた。

「すぐにいきます。きみは家にいて」

エントランスを出るとすでに男性の姿はなかった。しばらくゴミ置き場や周辺を探してみたが、どこにも見つからなかった。汗が噴き出してきたころ、景さんが通りの向こうから駆けてきた。外にいる私を見て、すぐに凍りついたような顔になる。

息を切らしながら彼が言ってくる。

「だめじゃないですか。家にいてと、言ったのに」

「ここにいたんです。確かにここに」

一緒に周囲を見回す。誰もいない。

「とにかく中に入りましょう」

「待って。何か見つかるかも」

男性が立っていたゴミ置き場近くの地面や塀に何か痕跡はないか、探してみた。彼も手伝ってくれたが、何も見つからなかった。もしくは手がかりがあったとしても、私たちでは気付けなかった。探偵小説のようにはいかない。あまりにも見つからなすぎて、荒唐無稽な考えが浮かぶ。

「本当に、いるんでしょうか……？」

「どういうこと？」

「何かの幻とか。私たちにだけ、見えているとか」

「幽霊だとでも？」

彼は笑わなかった。だけど肯定もしない。私をエントランスのほうに導こうとする。とにかく、安全な場所へ移動させたがっていた。

景さんはエントランス内に入っても警戒を怠ることなく、慎重に見まわしながらエレベーターのボタンを押した。部屋のある階について廊下を進んでいるときも、何度も振り返って安全を確認してくれた。

部屋に入ってようやく、景さんが口を開いた。

「警察を呼ぶべきでは」

「動いてくれるんでしょうか。坂本さんからの報告もあれからないです。先に坂本さんに電話してみたいです」

それに私はまだ、幻だという仮説を捨てたわけではなかった。

「あの列車事故にかかわったひとだけに、あの男性が見えるとか」

「事故で亡くなった幽霊の男が、僕たちに逆恨みしてるとか？　できれば考えたくない仮説ですが」

彼は続ける。

「でも、それなら、どうしてわざわざ遠くから見守るだけなんでしょう。この部屋に普通にあらわれたっていいはずです」

景さんの言うとおり、職員の男性はこの世界の常識にのっとっている。法律やルールや法則が、しっかり機能している。生きている人間がそうであるみたいに、あらゆるものにちゃんと行動を縛られている。

「坂本さんが言っていたように、会社側が何か僕たちを詮索しているという可能性も捨てきれません。どちらにしても警戒はしないと」

　だから無闇に外に出ないように、と彼はその流れで私を叱った。

　ここまで感情的になっている景さんがめずらしくて、こらえきれず、私はとうとう笑った。こんな状況でも私はやっぱり、景さんのことを見てしまう。

　不思議そうな顔をしている彼に、弁解する。

「ごめんなさい。付き合って、初めて怒ってくれたので。うれしくて」

「……不思議なひとだ」

　呆れたように溜息をついて、それから私につられるように、景さんもようやくリラックスして笑う。

　一度キスをはさんで、私たちは日常に戻っていった。夕食の買い出しは結局、景さんが一人で行くことになった。ついていくと何度か食い下がったが、譲ってくれなかった。

　戻ってきた彼は食材のほかに、下着類と寝巻きも買っていた。今日は泊まっていくという。遊びにくることはあっても、泊まりは初めてだった。泊まるときはいつも彼のマンションだったので、うれしい想定外。幽霊と幻とストーカーと、鉄道会社の陰謀の可能性を秘めたあの男性に、少しだけ感謝だ。と、そんなことを言ったらまた景さんに怒られてしまう。

夕食は夏らしく、薬味類を充実させたそうめんだった。キッチンに一緒に立って手伝おうとしたが、包丁が一本しかなく、結局私は盛りつけとそうめんを茹でる担当をすることになった。この料理の過程というか、台所に立ったとき、もう一度だけ喧嘩をした。

「さっき怒ったついでにもうひとつ言ってもいいですか」我慢をおさえながら、景さんが言ってくる。どうぞ、と促すとすぐに言葉が噴き出した。

「シンクのなかに洗いものを溜めすぎです。夏場なので虫がきてしまいます」

「あとで洗おうと思ってたんです」

「あとでではなく、すぐ洗いましょう」

「景さんだって部屋、片付いてないじゃないですか」

「あれは配置してあるだけです。しかるべき場所にしかるべきものがあるだけです。どこに何があるか、すぐにわかります。片付けが必要なものではありません。お皿洗いとは違います」

「じゃあ今度遊びにいったとき、あの雑貨や本の隙間に虫が一匹でも挟まっていたら片づけましょうね」

包丁が危ないので、近づきすぎないでください、と注意される。しだいにヒートアップしかけたところで水をさされてしまう。一緒に暮らしたら、こういう小さな喧嘩も共有していくのだろうか。

そうめんが出来上がるまでの間に、坂本さんに一度電話をかけた。通じなかったので代わりに『警察への相談はどうでしたか』と、メッセージを送った。

食べ進めながら、景さんが話す。

「何かあったらすぐに家へきてくださいね。連絡が取れないときも入れるように、ポストのなかの、天井部分に鍵を貼り付けておきますから」

「ありがとうございます。そうします。そうめん、美味しいです」

「ちゃんと聞いてますか?」

「もちろん」

確かにそうめんは美味しいけど、と景さんは私が本当に聞いていたか訝しがりながらも、しっかり同意する。その様子が可笑しかった。

今日は普段しない話もした。列車事故のこと。乗っていたときのことや、いま抱えている不安のこと。『乗り換え駅』の会が正式に廃止になれば、こういう思いを明かす場所は自分たちでつくっていかないといけない。

「事故の記憶もすべて戻っているわけではないですし、私はそれが不安です」

「僕も、克服してきたものがまたいつ再発するかわからない」

　彼が答える。

「心の傷が癒える、だなんてひとはいうけど、大きな傷は体につくものと同様に、跡として残る気がします。残って消えないなら、受け入れて生活をする必要があるかもしれない」

　景さんは会があるときでもほとんど発言をしない。促されたり、空気を読んだりして、自分もそうだと発言することはあっても、こうやって具体的に明かしてくれることはほとんどない。私の前でだけ見せてくれる部分だというのなら、それはとても誇りに思うし、一緒に寄り添いたいと思う。

「でも、僕たちはきっと大丈夫です。一人じゃない」

「はい。ちゃんとそばにいます」

　たまに心を読んでいるみたいに、ぴたりと一致する言葉が返ってくる。いまもそう。考えていることが同じだと、ちゃんと同じ速度で日々を歩いていると実感できる。

　そうめんをすする音が重なる。おしゃれなジャズは流れないし、どこかのマンションの部屋から洗濯物を取り込むような音が聞こえるけど、それでいい。

食べ終えて、一緒にお皿洗いをしながら（洗い方でまた小さな喧嘩になった）、ひとつ思いついた。片付けが完全に終わったところで、彼の手を引いてアトリエに導いた。

「きてください」

「そっちはアトリエでは。僕は入っちゃいけないはず」

前に遊びにきたときのことを覚えていたようだ。冗談半分、本気が半分でそう忠告した。聖域なのでひとを入れたことはありません、とか、そういう表現をした気がする。

アトリエに彼を招く。物があふれた狭い五畳ほどの部屋。その真ん中のイーゼルに、隅に布をかけて置いていたキャンバスをたてかける。

彼の目の前で布をめくり、そうっと、披露する。

「あ……」と、景さんは声をあげた。

「完成した絵です。絵の具も乾きました」

彼の部屋で、彼の椅子に彼が座り、私が描いた絵。彼の肖像画。差し込んでいる陽や、落ちる影で、あの日の時間もそこに刻まれている。身内びいきであることを差し引いても、我ながら自信のある出来だった。

「すごい」

彼がつぶやく。狭い空間のなかで、左右に角度を変えながら丁寧に絵を眺めてくれた。

「下描きのときにちらっと見せてもらいましたが、ここまでの出来になるなんて。僕なのに、僕じゃないみたいです。いや、正真正銘、僕だ」

「どっちですか」

思わず笑う。

振り返る彼が、感嘆の笑みを浮かべている。

「本当にすごいです。みんなが真結さんを認める理由がわかった」

作品を納品した直後は、こんな風にそのひとの想像を超えたものが出来上がると喜んでくれて、興奮したように感想をくれる。この瞬間のために頑張ってきたと思うくらい、うれしい時間だ。果たしてきた仕事のなかでは、今日が一番の充実感かもしれない。

照れます、うれしいです、とこちらも飾らない素直な感想を伝える。景さんは自分の絵に集中していたので、あまり聞こえてはいなかったかもしれない。

愛は定量化できない。だけど少しでも目に見える物質として証を残せるのなら、これがその一部になってくれたらいい。

「明日、持って帰っていいんですか？」

「もちろんです。梱包しておきます。キャンバス用の収納バッグも一緒に差し上げます」

「ありがとう。もう少し、見ていてもいいですか？」

「お茶を淹れますね」

景さんを一人残して、アトリエを出る。その間にお風呂を沸かした。お茶を淹れて、それでもまだリビングにこないので、一杯だけ先に飲んだ。冷蔵庫のなかを適当に漁ると、彼がこっそり買っておいてくれたお酒とおつまみがあった。あとで出そうと決めてリビングに戻る。彼はまだアトリエにいた。

こっそりのぞくと、景さんは本当に絵を眺めつづけていた。声をかけるまで、ずっとそうしていそうだった。

「景さん？」

邪魔をしたくなかったが、少し不安になってきて、そっと名前を呼ぶと、ようやく戻ってきてくれた。

お茶を飲んで、お風呂に入り、お酒とおつまみを楽しみ、歯を磨いて寝室に向かった。景さんはいつも以上に長く、強く、やさしく丁寧に、そして大胆に抱いてくれた。シャワーを二人で浴びて、もう一度一緒にベッドに入り、そのまま朝まで眠った。

起きると景さんがいなかった。リビングにも姿がなく、アトリエのドアが開いて、なかをのぞくとそこにいた。彼は昨日と同じようにそこに立って、肖像画を眺めつづけていた。

「そんなに気に入ってくれたんですか」

声に気づいて、彼が振り返ってくる。いつもと違う顔だったらどうしようかと、なぜか妙な不安を抱いた。景さんはいつもどおりだった。不安はそのまま消えるかと思ったけど、まだ消えなかった。

「勝手に入ってすみません。つい、眺めてしまって」

「持ち帰れるよう梱包しますね」

「うん、ありがとう」

景さんがアトリエを出ていく。代わりに入って、私は彼の肖像画の梱包作業を進める。途中でリビングからコーヒーの良い香りがただよってきた。不安はまだ消えない。絵に何か不備があっただろうか。そういうわけでもなさそうだ。

喜んでもらえたのだとしても、この絵への執着ぶりは、少し異様に思えた。彼が絵とともに家に帰ったら、ずっと引きこもってしまうのではないかとすら考える。自分は絵を完成させたことで、何かとんでもない間違いを犯したのではないか。二度と引き返せないことをしてしまったのではないか。そういう、漠然とした不安がよぎる。

朝食のあと、景さんがぼそりと言った。

「少し調べ物がしたいので、連絡の返事が遅くなるかもしれません」

「仕事関係ですか？」

「少し違います。ある意味、それも含んでいますが」

「どういうことでしょう」

彼は答えない。いつもの丁寧さを欠くような、淡泊な受け応えだった。それで少し不穏になる。

「どこかに遠出するってことですか？」

「必要があれば」

「意味がよくわかりません」

「僕もまだ、どこまで調べることになるのかわかっていないんです」

彼の遠まわしな表現も、こういう場合の会話においては少し煩わしい。

「具体的に何を調べるんですか？　教えてくれないんですか？」

語気を強めて訊いてみたが、彼は先を続けなかった。まっすぐ言葉を受け止めてはもらえず、どこかボーっとしている様子だ。私もそれ以上詮索はせず、食事に戻った。

着替え終えた景さんは、梱包された肖像画の入ったバッグを抱えて帰って行った。もちろん昨日からの警戒は怠っておらず、しばらくは外出は必要最小限にすることと、出かける際は報告をすることをお互いの約束事にした。そのときだけは、いつもの彼の気配がした。

再び一人になった部屋で、ひとまずメールチェックを済ませる。編集さんから仕事のメールが一件来ていた。メールを開こうとしたところで、電話がかかってきた。『坂本さん』と表示された番号だった。

「もしもし、坂本さん？」

「ごめんなさい。昨日連絡を返せなくて」

「いいんです。そのあと、どうかと思って」

「あの、申し訳ないんだけど、もう鈴鹿さんとは会えない」

「え？」

　唐突な言葉だった。それから遅れて、かすかに彼女の声が震えていることに気づいた。

「ごめんなさい。こんな形になって……。でも話せない。とにかく、あなたとはもう会えない」

「……もしかして、脅されたんですか？　あの男性に会ったんですか？」

「あたしからは話せない。話しちゃいけないと思う」

「脅されたんですね。警察は相談に乗ってくれなかったんですか？」

「ごめんなさい」

　話せない、と坂本さんは繰り返すだけだった。

　電話の後ろが何か騒がしかった。外にいるのだろうか。せわしなく、切羽詰まったような空気が伝わってくる。どこにいるのだろう？

「鈴鹿さん。あたし怖い、怖いの……」

「落ち着いて。いまはどこに？　直接会いましょう」

鈴鹿さん、と彼女が呼ぶ。すがるように、鈴鹿さん、鈴鹿さん、と何度も。ここにいます、と呼び返しても、受け応えがなかなか成立しない。ここまで狼狽（ろうばい）し、怯える坂本さんは初めてだった。

「坂本さん、どこにいるんですか？」

「話しちゃいけないのはわかってる。でも、あの列車は――」

そこで言葉が途絶えた。見ると電話が切れていた。声を発さなくなったスマートフォンとともに、一人部屋に立ちつくす。

それから時間をおいて何度か電話をかけなおしたが、結局、坂本さんが応答することは二度となかった。


坂本さんと連絡がつかなくなって二日が過ぎた。そのことを景さんにメッセージで伝えると、警戒を怠らないようにと短く返ってきた。坂本さんの身に何か起きたはずなのに、あまりにもそっけなさすぎる。調べ物と仕事で忙しいのかもしれないが、戻ってきたら、この態度についてはちゃんと話したいと思った。

　自宅にこもって以来、冷蔵庫の中身がいよいよ尽きてきて、買い物にでなければならなくなった。朝、近くのスーパーに出かけるつもりだと報告すると、今度はちゃんと電話が返ってきた。

「くれぐれも気をつけて。人通りの多い道を選んで」

「そうします。景さんはいまどこに？」

「山にいます」

「え、山、ですか？」

「前に一緒にいった山です。確かめたいことがあって、これから登ります」

　趣味やリフレッシュで登るような雰囲気ではないことは、電話からでもしっかりと伝わってきた。

「仕事の訪問先や病院にもいく予定です。それから、駅にも」

「駅にもいくんですか？　駅って、電車の駅ですか」

「必要があれば、行くことになると思う」

　私がいまだに近づけない場所。景さんもそうだったはず。それでも行く必要があるかもしれないと、彼は判断している。

「前に言っていた調べ物、ですか」

「はい」

「……そちらも気をつけてください」

「そうします」

「無理はしないで」

電話の奥で、安らぐように彼が笑った気がした。

「ありがとう。落ち着いたら連絡します」

電話が切れて、取り残された気持ちになる。電話に出る前は怒ろうと決めていたのに、いまはもう会って触れたい。前は一人でいるのがそれほど苦ではなかったのに、心に隙間ができているみたいに、寂しい。

気をまぎらわすためにそのまま買い物に出た。エントランスやマンション周りに職員の男はいなかった。景さんに言われたとおり、ときおり振り返りながら警戒を怠らず、まっすぐスーパーを目指した。

余計な買い物はせず、必要なものだけカゴに入れていく。棚の影からあの男が見ているかもと思って警戒してみるが、姿はない。いち早く帰宅しようと、空いているセルフレジのほうを選んで会計を済ませる。

男は店を出たところで待ち伏せているかもしれない。一対一のときは目を合わせても逃げようとしない。私が女性だというのも少しはあるだろう。そのときになったら男は見たことのない速度で近づいてくるかもしれない。そして手をとられ、ささやくように脅してくる。何を？

道の角を折れたところで、急にあらわれるかもしれない。それか曲がるとき、カーブミラーに男が立っているのが見えるかもしれない。私は事前にそれに近づいて、遠まわりをして帰宅する。男には自宅をつきとめられている。もしかしたらエントランスをうまく抜けて、部屋の前にいるかもしれない。どんな風に？

あれこれと妄想しているうち、結局出くわすことはなく、部屋の前までたどりつく。家のなかにも男はいなかった。買い物をするだけで、毎回こんなに意識を研ぎ澄ませないといけないのだろうか。これはいつまで続くのか。

答えは唐突に訪れた。二日後、景さんからまたメッセージを受信して、短くこうあった。

『男のことは、警戒しなくてもいいかもしれません』

どうして？　と返すが、返事はすぐにこない。なぜ急に景さんは態度を変えたのだろう。何をつきとめたのだろう。職員の男について、入念に調べたのだろうか。だから駅に向かうと言っていたのか。

それからもう一通返事を送ったが、彼からメッセージは返ってこなかった。また忙しくしているのかもしれない。電話をかけようといよいよ心配になった夜、返事があった。『仕事の訪問先に行っていた』のだという。そろそろ電話をするか会うかして、ちゃんと説明をしてほしかった。

素直に文章で伝えると、週末に会ってくれることになった。心配をかけてすまない、とも添えられていた。それで急に我に返り、自分も大人であることを思い出し、彼を信じることに決めた。

仕事や何かで余裕を失ったり疲弊したりした心は、昔から絵を描くことで整理している。今回もそれが有効なはずだ。アトリエにこもろうと思った。ライターの仕事がいくつか溜まっていたが、締切はまだそれほど近くない。

描いている途中の絵にとりかかる。鉛筆での下描きは終わっていて、いまは色を入れている。いつもより入念にパレットのなかで絵の具を混ぜる。筆に絵の具を乗せ過ぎて、一度リセットする。描いているときは、描くこと以外のことを考えると、とたんに失敗する。基本的には頭のなかにあるイメージや、記憶している事実を外側に出力していく作業だ。繊細でないわけがない。

描くことに集中する。この部屋の外でだけ時間が流れていく。描いている間だけ、私は現実から取り残される。けれどそこに寂しさはない。好きな人との電話が終わったあとのような、孤独はない。

目の前の題材とひたすら向き合う。筆はとめない。どうしてこれを描こうと思ったのか。景さんの絵を完成させてから、なぜか無性に描きたくなった。描く必要があると思った。

描き進めるたびに緊張していく。こわばっていく。本当にこれで合っているのか。この絵は正しいのか。ちゃんと、自分の感情をこめられているのか。不安とは裏腹に、筆は止まらない。むしろ速度を増していく。自分のコントロールを離れて、手が動いている。もう本能にゆだねるしかない。この絵には伝えたい相手と、言葉が、確かにある。

パレットに筆を置こうとしたとき、指かどこかにあたって、筆が床に落ちた。からん、と音を立てて転がる。

拾おうとしたその瞬間、ふいに記憶がよぎった。

「……あ」

駅のホームでの記憶だった。

カバンにスケッチブックが入っているか確認しようとして、しまっていたシャーペンがホームに落ちた。私が拾い上げてすぐ、電車がやってくる。

それが鍵だった。失っていたはずの記憶が戻る合図だった。蓋が開いて、とうとうあふれだした。

私はどこへ向かおうとしていたのか。

仕事先でも、友人のところでも、知人でもない。

「お母さん、お父さん」

両親のところだ。

あの電車は母と父がいる実家へ向かうために乗っていたのだ。だから私服だったし、仕事用のスマートフォンも持っていなかった。荷物も最小限。

事前に連絡はしていなかった。あの日は勢いで飛び出したから。

どうして会おうと思ったのか。

「私は……」

声が部屋にこぼれる。拾った筆が教えてくれる。この仕事だ。この絵の仕事について、ちゃんと両親と話したかった。

私は自分を好きになるのが、昔からあまり上手ではなかった。だから不安だった。自信がなかった。

無言の反対を押し切って上京し、美大に進み、描き続けた。まだまともに絵だけでは食べていけない。それをやると破たんしてしまう。けれど、完全に手放したわけではない。私の絵が、誰からも求められていないわけではない。

この絵の仕事を続けていくべきなのか、結論を見つけたかった。不安定なままでも、このまま進んでいいのかと。もしくはここを区切りにして、絵は趣味であると自分に納得させて、別の仕事を極めていくべきなのかを。

絵は続けていきたかったし、そのための自信が欲しかった。そしてある日、私は唐突に思い立つ。このアトリエで。

両親と話そうと思った。ちゃんと話したかった。ずっと避けてきた話し合い。絵をいまも続けている私をどう思っているのか、聞きたかった。だから列車に乗っていた。

もしあの二人にいまの自分を認めてもらえたら、きっと大きな自信がつくと思った。ほかのひとからもらうどんな讃辞よりも強さがあって、自分のなかに揺らぐことのない芯がつくられると思った。

会いに行こうとしていたのだ。それを私は、今日までずっと放置していた。忘却していた。

どうして忘れていたのか。単なる事故のショックが原因だったのか、私自身が思いだしたくなかったのか。理由を知ったいまであれば、後者であるような気もする。でも、どちらでもいい。いまは喜びや安堵のほうが大きかった。これで日常にまた一歩、私は戻ることができる。景さんと一緒に。そうだ、彼にも報告しなくては。

あの事故の出来事。

私のなかで欠けていた部分が、いま、ようやく埋まった。

電話をかけた先は両親、ではなく景さん。まずは彼に報告したかった。けれど応答はなかった。時間を置いてかけなおそうかと思ったが、やめた。待っていれば週末には会える。

週末までの三日間はライターの仕事をして過ごした。いつもは時間のかからない量の記事執筆に、やけに時間がかかってしまった。書いたことのあるテーマとプロットだったので、切り口を微妙に変えなければならなかった。美容液について何度も書いているし、いびきを止める方法を何通り書いたかわからない。お風呂場の掃除方法に、固定資産税の計算方法や、金利の動向、住宅ローンの組み方、都心観光にお勧めのカフェ一〇選、一度は行きたい国内の秘境、海外に行った気になれる穴場スポット、ひと工夫して美味しくつくる餃子のレシピ、飲料水の種類、専門家の監修が入った記事の修正。

週末、土曜日の前日に何時頃来るかメッセージで尋ねた。すぐに返ってくるかと思ったが、返事はなかった。何度もスマートフォンを確認するうち、そのまま夜が明けて土曜日になった。

寝不足のまま胸騒ぎを覚えながら、午前中を過ごした。一度電話をかけたが、やはりでない。

職員の男はあれから一度も私の前に姿をあらわしていない。コンビニとスーパーに一度ずつ出かけているが、気配すらもなかった。

私の近くにいないのなら、景さんのところへ行ったのだろうか。それは連絡が今日までつかないことと、関係があるのだろうか。あらゆる不穏な考えが枝葉をのばし、私の内側で絡みあっている。確かめなければ、と悲鳴をあげる。

午後になったら彼の家にいこう。そう決めて、そちらに訪れる予定だと、メッセージを送った。返事はない。やはり何かあったのか。

午後になる五分前に私は家を出た。住宅街の通りを駆ける。汗はかくが、噴き出すほどではなかった。今日は季節外れの涼しい一日だった。

バス停にちょうどバスがやってくるところだった。さらに駆ける。目に入らず、地面に転がっていた蟬の死骸を踏みつける。しゃく、とスナック菓子をつぶしたような音が鳴った。

乗りこむと同時に扉がしまり、バスが走り出す。

彼の家まではこのままバスに乗って二〇分ほど。普段はあっという間なのに、今日は世界で一番長い二〇分だった。すれ違いになっていないかと思い、スマートフォンを確認する。彼からの返事も着信もない。

吊革をにぎりながら、目的のバス停につくのをひたすら待つ。目の前の一人用席に座る男性がタブレットで映画を観ていた。覚えのあるシーンだったが、タイトルが思い出せない。普段の冷静さと余裕があれば、記憶の引き出しを簡単に開けられたはずだ。ひとが見逃すものが見えるような観察力が自分の特技であるはずなのに、今日だけは奥底に眠ってしまっているようだ。落ち着け。

どうかただの予感でありますように。ただの思い過ごしで、私の騒ぎ過ぎでありますように。一人で慌てていただけの滑稽な女でもいい。彼が無事ならなんでもいい。

バスを降りてからも走った。坂道をのぼり、いくつかの十字路を曲がると彼の住むマンションがあらわれる。エントランス前で一度電話をかけたが、やはりでない。

部屋番号を押してインターホンを鳴らすが、応答はなかった。家にいないのだろうか。なかに入って確かめたいが、方法がない。

「いや、違う……」

彼との会話を思い出す。彼の部屋番号の書かれたポストを開けて、なかをさぐる。目的の感触がすぐに指先に当たった。

ポストの天井部分にテープで貼り付けられていた鍵を取る。緊急時に隠しておくと彼が言っていた場所だった。彼が想定していた場面とはおそらく違うが、いまも私にとっては緊急時と言っていいだろう。

エントランスのインターホンの下にある鍵穴にしっかりと入り、扉が開く。エレベーターに乗り込んで目的階まで向かう。こういうときに限ってエレベーターが止まったらどうしようかと思ったが、不幸な奇跡は起こらなかった。

廊下を進む。何気なく一度だけ振り返るが、誰もいなかった。つきあたりの角部屋が彼の部屋だ。

鍵を開けて、重い玄関ドアをゆっくり引きながらなかにはいる。

「景さん？　私です」

廊下の奥に向かって声を張る。返事はない。

玄関口に彼の靴がなかった。近くの棚に置かれているはずの鍵置きと、観葉植物もなぜか消えている。

景さん、ともう一度呼ぶ。私の声だけが廊下に響き、沈んでいく。明かりもついていない。そっと進み、リビングに続く扉を開ける。

広がる光景に、絶句した。

彼の名前さえ口から出なくなった。立ちつくし、私はただその場から動けなくなる。

何もなかった。

テーブル、椅子、ソファ、カーペットに本棚、あふれているようで整理されていた雑貨たち。何もかもがなくなっていた。部屋を間違えた？　そんなことはない。鍵で開いた部屋だ。ここは確かに彼の部屋だ。

キッチンの調理器具、冷蔵庫、電子レンジ、食器棚、すべてが消えている。いったい何が起きているのか分からない。寝室のベッドがない。シーツも、かけ布団も、必要だろうと、彼が足してくれた枕も、すべてない。

匂い。彼の匂いだけが、残っていた。それだけが唯一、ここに残された存在の証だった。それ以外のすべてがあとかたもなく消えてしまった。彼が消したのか、誰かに消されたのか。いったいいつから？

「……あ」

空っぽの部屋をもう一度見まわして、ふと、リビングの床の隅に立てかけてあるものに気づく。拾い上げる前から、布にかかったそれが何かわかった。

絵だった。私の描いた、彼の肖像画だ。本棚を背にして、捨てられないとなげいていたたくさんの雑貨たちに囲まれた彼が、微笑みかけている。

この部屋に残っているものは、その絵ひとつだけだった。

7　日曜画家のように改札を抜ける。

　電話をかけ続けながらマンションを出る。ほかの住人に彼のことを知らないか尋ねるべきか。もしくはこのマンションの管理会社に問い合わせてみようか。

　考えをめぐらせていると、通りの向かいにある自販機の横に、あのパーカーの男が立っているのを見つけた。自分のなかで抑えていた怒りが、そこであふれだした。

　目が合って、すかさず距離を詰める。怖がっている場合ではない。この事態を解決できるのはもう私しかいない。あの男だ。あの男があらわれてから、すべてがおかしくなった。

「景さんに何をしたの！」

　感情に任せて吠えると、職員の男がたじろぐ。男が逃げ道を探そうとするころにはすでに、目の前まで迫り、そのままつかみかかっていた。男にはしっかりと実体があった。

「彼に何を言ったの！　どうしてつきまとうのっ」

「わ、私じゃない」

「嘘、あなたが何かした。だからいなくなった。何が目的なの」

男がよろけて、後ろの茂みに転びそうになる。私は男の胸倉をつかんだまま続ける。

「あなたのことを知ってる。同じ列車に乗ってたひとでしょ。職員の制服を着てた。会社と何か関係があるの？　邪魔な私たちを脅そうとしてるの？　それともただのストーカー？」

「違う。そうじゃない！」

ほとんど悲鳴のような声だった。

「仕事上の責任として、あなたたちのことがずっと気にかかっていたから。それで私はただ、伝えようと……」

言い淀んだあと、男は明かす。

「最初は病院で少年を見かけた。だから話そうとした。でも上手くいかなかったんです。だからそれ以降は、もっと慎重に動こうと。一人ずつ丁寧に説明していこうと決めたんです」

「何を説明していたの」

「……あなたの場合は、自分で知るべきだ。というより、もう気づいているのでは？」

いったい何を話している。会話が成立しない相手なのか。何かの妄想にとりつかれているのか。話してわかるのは、こんな男が景さんや坂本さんたちを脅せるとは思えないということだ。本当に無関係なのか。いや、そんなはずはない。

「景さんに、何を言ったの」

「私は何も伝えてない。確かに会いはした。けどその必要はなかった。彼は自分でつきとめていた」

そのとき、トラックが近くに寄ってきた。業者による、自販機の補充用トラックのようだった。一瞬だけ気をとられていると、職員の男が私の脇からするりと抜け出した。

「ちょっと！　待って！」

男は去っていき、役目を終えたみたいにそれきり戻ってこなかった。

駆け込んだのは『喫茶ぺーぱー・むーん』だった。店はいつもと変わらずそこにあった。まばらな客と、コーヒーの香りに包まれた店内。アンティークを基調とした内装。

マスターと話したいと応対したアルバイトの青年に告げるが、要望が伝わらなかったのか、「お好きな席へ」と案内されるだけだった。カウンターの奥へ青年は引っ込んでしまい、仕方なく一度席へ向かう。

注文を取りに来たのはマスターだった。青年に要望はしっかり伝わっていたらしい。そこでようやく相談することができた。私が頼れる知人はもう、このひとだけだった。

「いつもご利用ありがとうございます」

「突然すみません、実はご相談したいことが」

「今日はジャン＝リュック・ゴダールの『小さな兵隊』を流しています」

「え？」

壁にかかったスクリーンでは今日も映画上映されている。モノクロの映像。車にもたれかかる男性二人と、その視線の先を歩く美しい女性。いまはそれどころではない。

「助けてほしいんです。友人や恋人が脅されているようで」

「これは私が初めてリバイバル上映で見た映画でして――」

「あの、マスター」

「ゴダール映画では常連のアンナ・カリーナの初主演作で、彼女の美しいショットがいくつも拝見できます」

「待って、ねえ聞いてください」

マスターは止まらなかった。何度呼びかけても、解説に熱中していた。

「当時のフランスにとってセンシティブな話題だったアルジェリアの独立問題を、直接的ではないにしても、揶揄(やゆ)するかたちで取り上げていたこともあり、フランス国内では二年間ほど上映禁止になってしまったんです。それで――」

「聞いてください！」

叫ぶと、とうとうマスターが喋るのをやめた。じっとこちらを見つめる。店内がしんと静まり返る。何事かと、ほかの客も私を見ていた。

仕切りなおして相談しようとした。だけど何かがおかしかった。喋れないでいるうち、マスターがいつもの調子で言ってくる。

「ご注文が決まりましたら、お声掛けください」

そのまま去ってしまう。ほかの客の視線が徐々に私からはがれていき、それぞれが元の雑談や日常へ戻っていく。

どうにもならないと思い、私は店を飛び出した。


視界が揺れる。あらわれた商店街の通りや店の看板、すべてがかすんで見える。息が切れて、脳に酸素が行き渡っていないのを感じた。一度休憩し、立ち止まってみても、まだ目がくらみ続ける。すぐに走り出さないと、事態がさらに悪化するのではないかという予感にかられて、焦る。

着信があった気がしてポケットからスマートフォンを取り出すが、勘違いだった。混雑する商店街の真ん中で、一人、取り残される。誰に話せばいい？　誰を頼ればいい？

思い浮かんで、電話番号をそらで打つ。私が唯一スマートフォンに頼らず自分の頭で記憶しているのは、実家の電話番号だけだった。

四回ほどコール音が鳴って、最初に父が出た。

「鈴鹿です」

「も、もしもし、お父さん」

「真結か。待ってろ、母さんにかわる」

「違う待って――」

答える前に、父が受話器から離れていく。

一〇秒も経たないうちに、母にかわる。

「もしもし真結？　そっちはどうなの最近？　うまくいってるの？」

「ごめん、いますぐ相談したいことが」

「なに？」

「……近くに変なひとがいるの。友人とか、付き合ってるひとがつきまとわれて、みんな逃げ回ってる」

「なにそれ、大丈夫なの？」

母の口調からは、まだそれほど心配していないのがわかった。半信半疑なのだろう。そもそも私は列車事故のことすら両親に明かしていない。

詳しく説明を続けようとしたところで、母が言ってきた。

「どうせ不注意だったんでしょ」

「え？」

「気をつけなさいねほんと。あなたよく怪我するんだから」

「ちょっと待って。何の話？」

「まあ、あなたの体で、あなたの自由だけど」

「お母さん。いまそういう話してるんじゃ――」

唐突に、そこで電話が切れた。かけなおしたが、父も母も電話に出なくなってしまった。どうして。いまさっきまで話していたのに。

おかしい。ぜんぶおかしい。もしかして、おかしくなってしまったのは私のほうなのか。

すべて妄想なのか。幻覚を見ているのか、もしくは夢のなかなのか。出来の悪い悪夢に、迷いこんでいるのか。

ふらついていると、商店街の通行人とぶつかる。どこまでもリアルな感覚に、ますます混乱する。

アーケードを抜けると、やがて駅のロータリーがあらわれる。目の前の歩行者用の信号がちょうど青になろうとしていた。渡った先に交番が建っていて、もう警察に頼るしかないと決めた。

誰よりも早く信号を渡りきり、交番に駆け込む。引き戸を開けながら、すみません、と無人の室内に呼びかける。人の気配はなかった。交通安全のポスターや、等間隔で配置された指名手配のポスター、それからデスクに置かれたマスコットキャラクターのぬいぐるみだけが、私を見てくる。

「誰かいませんか！」

呼びかけるが、応答はなかった。奥の部屋からも気配はなかった。外出してしまっているのか。誰にも頼れない。だめだ、焦るな、パニックになるな。

交番を出て、一一〇にかけようとスマートフォンを再び取り出す。耳にあてながら応答を待っていた、そのときだった。

ふと目をやった駅のほうに、彼がいた。

ジャケット姿の景さんが改札口のほうへ向かっていくところだった。

「こちら警察です。事故ですか、事件ですか？」

電話を切って、改札のほうへ駆ける。しかし石畳につまずき、持っていたスマートフォンを途中で落としてしまった。拾ってもう一度彼のほうを見ると、ちょうど改札口を抜けていた。

「景さん！　景さんっ」

叫ぶが、彼は止まらない。振り返ってもくれない。届いていないのか。もう一度呼ぼうとしたが、景さんはホームへ続く階段をのぼっていってしまう。

追いかけなければ。

いま見失えば、もう二度と会えないような気がした。

改札に向かおうとしたが、同時に発作のことがよぎった。駅に近づきすぎている。信号をすでに渡って、ロータリーに入ってしまっている。この一か月半、何もしてこなかったわけじゃない。けど、まだ傷を完全に克服できていなかったら？　いつ発作が起きてもおかしくない。そうなればもう、誰も助けてくれる人はいない。私の代わりに彼を追ってくれるひとはいない。

奮い立たせて、一歩踏み出す。

改札に近づく。

そしてすぐに動悸がやってきた。体が震えだし、うまく動かなくなる。近づくのを本能が拒んでいた。列車。吹き飛ぶ体。痛み。暗闇。すべての記憶がかけめぐる。

だめ。発作が起きようとしていた。

治まって。

いまこの瞬間だけでいい。何ものも恐れない自信と余裕がほしい。私が尊敬する、あの日曜画家のようなエゴが欲しい。

アンリ・ルソーならば、こんなところでいちいち怯えたり、怖気づいたりしない。心の傷を抱えている自分を自覚しながらも、追いたいものがあればしっかりと追い続け、手放したくないものがあれば、いつまでもつかんでおくはずだ。私は景さんを追う。

深呼吸を挟む。閉じていた目を開くと、気づけば震えが消えていた。発作の兆候もなくなっていた。

ＩＣカードの入った財布を、改札機に添える。機械が反応し、ばたん、と鳴ってゲートが開く。

私は改札を抜ける。

日曜画家のように、改札を抜ける。

ホームへ続く階段をあがりながら、まさにこの駅から電車に乗ったことを思い出す。通勤ラッシュを終えたあとの、比較的少し空いてきた時間だった。天気はまだ晴れていたと思う。少なくとも、雨は降っていなかった。両親の家へ向かうために私はここに来た。郊外の方面へ向かうこのホームに。

昼過ぎの今日も人はまばらだった。電車を待って並んでいるどの列にも、景さんはいない。ホームの先へ進むと、一番奥のベンチに腰かける一人の姿があった。

近づくと、やはり彼だった。向かいのホームの、そのさらに奥のどこかを、ボーっと見つめつづけている。

「景さん」

声をかけても顔を上げてもらえないような気がした。けれど彼はしっかりと私に気づいて、ああ、と小さく声をあげた。

「ちょうど連絡しようと思ってた。ここで君を待っていようと」

見つけたらたくさん言おうと思っていたことがあった。多少怒るくらいの権利はあってもいいはずだ。どうして連絡を返してくれなかった。忙しいとはいえ、メッセージの一つだけでも返せなかったのか。そもそも、あの部屋のことはどうなっているのか。

けれど、すべてがいったん私のなかで脇に置かれてしまった。いつも以上に低い声色と、落ち着いた口調、何かつきものが取れたような表情を見て、私まで冷静にならざるを得なかった。

「改札を抜けられたんですね」景さんが言った。

「景さんが、入っていくところが見えたから」

「発作は?」

「大丈夫です」

「それはよかった」

私の克服を、言葉通りには喜んでいないようだった。

ベンチから立ち上がろうとしないので、結局、私が彼の横に座った。

「景さんのほうは、大丈夫ですか」

「いまのところは」

向かいのホームに電車がやってくる。それが出発し、走り去って静かになったところで、また訊いた。

「突然、どうしたんですか」

「すみません。不安にさせてしまいましたね」

「連絡も、全然返してくれないし」

「いろいろ調べてて。余裕がなかったんです」

「それなら、あの部屋も調べものの一環ですか？」

「部屋？」

「景さんの部屋です。何もかもなくなってました。家具も雑貨も、ぜんぶ」

景さんが私を見つめてくる。数秒だけ何のことか分からないという顔をして、
そのあとすぐ、納得するように「なるほど」とつぶやいた。彼はいつも通り冷静
だ。冷静だけど、余裕があるわけじゃない。

「僕の家にも行ってくれていたんですね。心配かけて本当にすみません」

「景さん」

「はい」

「今日、いろいろとおかしいんです。景さんがいなくなって、知り合いや家族に
助けてもらおうとしました。でも、まともに話してくれないんです」

「はい」

「どうなってるのか、わかりません」

「……そうか」

息をついて、それから彼は言う。

「ここにきたから、てっきりきみはもう気づいているのかと」

わかりません、と私はもう一度答える。

景さんは何かを知っている。調べものをして、その答えにたどりついたのだ。職員の男も逃げだす前に言っていた。もう気づいているのでは？　だけど知らない。わからない。私だけが、見るべきものが見えていない。

ふいに、ホームにアナウンスが流れた。電車がやってくることを告げるチャイムが続く。

「電車がきます。ちょうどいい」

彼がゆっくり説明を始める。

「あの列車事故の詳細を覚えてますか？　どういう風に事故が起こったか」

「だいたいは」

「言ってみて」

私はその通りにする。

「八両編成の列車に乗っていて、あの日は雨が降っていました。トンネルに入ってすぐ、事故が起きました。前方が土砂崩れでふさがってて、そこに列車が激突したんです。私たちは生き埋めになりました」

「後方もふさがれた。そして列車の車両内でも、被害の差が分かれた」

ニュースで私も観た。いや、新聞だったか。どちらでもいい。

「前方三両が壊滅的な被害に遭ったんです。私たちは六号車で後ろのほうだった。だから助かった」

景さんが見つめてくる。それから首を、横に振った。

電車が近づく車輪の音が響き始める。

「僕もそうだと思ってました。でも違った」

「どういうこと？」

「答えがやってきます」

電車がホームにすべりこんでくる。ゆっくり減速し、近づいてくる。ホーム先頭のベンチに座る私たちの前で、電車がとうとう停まる。なんの変哲もない電車だった。各駅停車の、たまに利用する車両とまったく変わらない。

答えがやってくると言った彼の言葉の意味が、すぐにはわからなかった。ひとが見逃すようなものが私には見える。昔からそういう自負があった。でもいま、見えていないのは私だけだった。

「何を――」

彼の方を向いて、答えを求めようとした瞬間だった。

車体に書かれた番号を見て、私の意識から音が消えた。余計な感覚がすべて遮断されて、その数字以外のすべてが見えなくなった。

刻まれていたのは、『8』という数字だった。

耳にしてきたこれまでの言葉がよぎる。誰かとの会話や記憶が、そこら中から流れ込む。

『列車の脱線事故によって、トンネル内からあなたは救出されました』

『脱線事故の被害者たちで集まって、一緒に話そうっていうワークショップ』

『ずっと気になっていたんです。あのあと、鈴鹿さんがどうなったのか』

『渡良瀬さんのおかげで、無事に助かることができました。本当にありがとうございました』

『では、僕たちはまだ励まし合っている途中ということですね』

『鈴鹿さんは少し変わったね』

『ここにいちゃだめだ……わかったんだ』

『話しちゃいけないのはわかってる。でも、あの列車は――』

『もう気づいているのでは？』

息が止まる。

血の気が引いて、凍りつく。何もかもが動かなくなる。それが答えだった。それが彼の見せたかったものだった。

「先頭は一号車じゃない。こちらのホームから出発する電車の先頭は、八号車のほうだったんです」

景さんを見る。目が合う。嘘でも冗談でも幻でもなく、これが真実であることを伝える瞳。

何も言えないでいる私に、彼が答えを告げる。

「僕たちが乗っていた六号車は、だめだったほうの車両です」

8　見えないままの、恋。

　景さんはいまだに混乱する私に伝わりやすいように、ゆっくりと喋り始めてくれた。

「最初の違和感のきっかけは、真結さんと一緒に山に登ったときでした」

「……六月に登ったあの山？」

「そうです」

　彼は答える。

「途中ですれ違ったお年寄りの夫婦を覚えてますか？　山頂から降りてきた、つばの広い帽子をかぶった二人」

「はい。挨拶をしました」

　山頂はすぐそこだから頑張って、と励ましてもらえた。

「あの二人を、僕はあそこで前にも見たんです」

「それが?」

「そういうことはたまにあるし、何度も登っている常連の登山客なら決してありえないことじゃない。あのときはそう思いました。でも、前に見たときにかけてもらった言葉が、一言一句同じだったような気がしたんです。『山頂はもうすぐそこですよ。頑張って』。あの二人はそう言うんです」

登っていたとき、景さんはやけに長くあの二人を眺めていた。どうして立ち止まっていたのか不思議だった。違和感を抱いていたのだ。

「それでつい昨日、もう一度あの山に一人で行きました。そしたらまたあの二人に会った。そして一言一句たがわず、同じ場所で、同じ言葉を僕にかけてきた」

同じ場所。

同じ言葉。

「ほかにも違和感はありました。仕事で訪れるいくつかの訪問先で、同じ会話が繰り返されてるような気がしたんです。お年寄りだし、そういうこともあると思った。けど違う、何度も確かめてわかった。同じタイミングで、毎回近くの家の犬が鳴く。僕は、自分がつくりだした記憶を見ていたんです」

「……記憶」

「過去に過ごした記憶。そのときの光景や体験。僕たちはそういうものを共有していたのでしょう」

体の痺れが解(ほど)けてきていた。

代わりにやってくるのは、違和感でぽっかりと空いていた穴が、自分のなかで埋まっていく感覚。

「真結さんも何かなかったですか？　そういうこと。同じ事が繰り返されていると思うこと」

「…………し、仕事」

私は答える。

「ライターの仕事で、編集さんからテーマが送られてくるんです。そのテーマが最近、妙にかぶることがあって。前に書いたのと同じようなテーマが。でも、そういうことはたまにあったから、今回もそうかと」

一度疑えば、すべてが見えてくる。

何も見えていなかったということが、わかってくる。

私はすがるように景さんを見る。自分はなんて愚かだったのか。彼はやさしく、続けて、とつぶやく。

「行きつけの『喫茶ぺーぱー・むーん』で観たことのある映画が流れてた。マスターの解説も、ぜんぶ聞いたことがあった。注文してやってくるのは同じホットコーヒーと、サンドイッチでした」

「僕と一緒に店にいたときは？」

「……母と一度だけあの店へ。引っ越してきた日、手伝いにきた母を駅までおくる途中で、店に入りました。そのときに注文したのと、同じメニューが運ばれてました」

同じ場所。

同じ言葉。

あちこちで、繰り返されていた。

記憶が再現されていた。

「両親と電話をしました。いまさっきも。でも全然かみ合わなくて……」

「もともとはどんな会話だった？」

私は自分の足元を見る。

「足です。指をぶつけて、怪我して病院にいったとき。家に電話をしました。そ母は私の体を心配し、そのあと責める。足の怪我を報告したときも、列車事故の直後に電話したときも、そしてさっきも、すべて同じ内容だった。

実感が体をおおいはじめる。寒さも、温かさもない。ここにちゃんとあるのに、ベンチの固さも、空気の重さも、ちゃんとわかるのに。

「あのひとたちは？　会の参加者たち……」

「彼らも同じだったはずです。みんな、僕たちよりも早く事実に気づいた。だからいなくなった」

「職員の男は？」

「ここに来る前、一度だけ話しました。彼も僕たちと同じです。業務中だった責任感から、ここに残って僕たちに伝えようとしていたそうです。病院で一条さんの息子に話しかけたのが最初だったけど、それが上手くいかなくて、慎重に動いていたそうです」

同じことを私にも言っていた。

「鉄道会社に隠したい不都合な事実はないし、彼もストーカーではなく、善意で動いてくれていた」

数日前、彼が急にメッセージを送ってきた。警戒しなくてもいいかもしれない、と。あれはそういう意味だった。

「これはあくまでも僕の憶測だけど」

前置きをして、彼は続ける。

「僕たちは存在しないものの、完全にこの現実に干渉できないわけではなかったんだと思います。会を主宰した三位さんはＳＮＳを通じて開催をよびかけた。あのメッセージは、きっと同じ境遇のひとにだけ見えるメッセージになったんでしょう」

だから集まった。あのメッセージが見えるひとだけが、あそこに集まった。そしてみんな気づいた。もしくはあの鉄道会社の男性に教えられた。自分の置かれた状況を理解して、去って行った。

突然のことで戸惑うひともいただろう。怯えることだってあっただろう。家入さんや、坂本さんの顔が浮かぶ。

「出会ったひと、みんながそうなんですか？」

「そうではないと思います。僕たちが会ってきたのは、自分の記憶のなかにいたひと、それから同じ境遇のひと。そしてもしかしたら、潜在的に僕たちが視えるひともいたかもしれない」

その仮説を聞いて、あ、と思い出す。私が何か察したことに、彼も気づいたようだった。

私が真っ先に浮かんだのは清住さんだった。肖像画を依頼してくれていたクライアント。私が訪れたとき、ひどく驚いた顔をしていた。あのひとは、どの立場のひとだったんだろう。同じ境遇だったのか、私の記憶が再現していたのか、それとも――。

「病院は？」

次から次へと、質問が浮かぶ。

「入院していたあの病院は？　私の記憶にはありませんでした」

「それは僕も少し不思議に思ってます。僕の場合は遭難したときに入院した病院と同じだった。看護師も、主治医も。でも、そのひとたちと事故に関するやり取りができたんです。いくつかの事情が混在しているのかもしれない」

私の場合は？

看護師と主治医は、いったい誰だ。小指を怪我したときに訪れた病院の看護師たちかとも考えたが、思い当たらない。

　考えて、やがてようやく思い出した。

「……同じ車内に、乗っていました。二人は雑談をしていました。ティラノサウルスの話をしていたんです」

「その二人は事情に気づかず、仕事をまっとうしていたのかもしれない」

　出会った出来事を、一つひとつ整理していく。

　すべての事情に説明がつくわけではないのかもしれないが、それでも、そうやって実感していく。自分の置かれた状況を。

　もう、生きていないということを。

　ぽつぽつ、と駅のホームの屋根を雨粒が叩く音がする。眺めていると、本格的に降り出してきた。大事な日には、いつも雨が降る。

　その雨を眺めながら、最後に気づいた。

「傘」

「え？」

「あの日も、折りたたみ傘をリュックに入れていたんです。母からもらって、お守りにしていた傘。救助されたときにリュックは中身ごと紛失していたはずなのに、いつも手元にありました。そのときから、おかしいと気づくべきだった」

「素敵な傘でしたね」

彼とも雨のなかを、一緒にさして歩いた。それだけじゃない。出かける日にはいつも持ち歩いていた。

頑丈な傘だったんです、と意味のないことを景さんに添えた。

「つらければ、ここで少し泣いていってもいい。僕はいくらでも待ちます」

「なぜか涙が出ません」

「少しわかります」

目の前の電車は停車したまま動こうとしない。扉が閉まる気配も見せない。空間に、そのまま固定されてしまっているみたいだ。これも記憶が再現しているものなのだろうか。

本能的に、この電車に乗っていくのだろうと理解した。だから景さんもここにいる。ベンチに座り、私の準備ができるのを待っている。もしかしたら彼も準備をしている最中かもしれない。整理をつけている途中かもしれない。

電車に乗れば、私はもうこの街には戻らない。家に帰ることはない。景さんと穏やかな日々を過ごす未来は、訪れない。

「……どこからが、嘘だったんでしょうか」

　私は訊く。

「最初からすべて嘘だったんでしょうか。私も景さんも、出会ってすらいなかったんでしょうか。ぜんぶ無駄だったんでしょうか」

　数秒の間が空いた。どこまでも長く感じる間だった。

　景さんがゆっくりと口を開く。

「君が描いてくれた肖像画」

「え？」

「君が描いてくれた絵。あそこに描かれた自分を見て、僕は違和感に気づいた。おかしいのは周りじゃなくて、もしかしたら自分なんじゃないかって。そう考えることができた。たどりつけたのは、あの絵のおかげです」

　一心不乱に絵を見ていた彼の姿が浮かぶ。調べものをしたいと言ったのも、あのすぐあとだった。

　彼がまっすぐ私を見てくる。

「さっきの真結さんの質問の答えだけど、そんなことはないと、僕は思う。あの暗闇で過ごした時間は、ちゃんと存在していた。だから僕たちは出会って、こうして一緒にここにいる。ぜんぶ嘘なんかじゃない」

景さんが私の手を握る。

見上げると、彼は泣いていた。柔らかな笑みを浮かべながら、世界で一番静かに涙を流していた。

「それに僕は、過ごしてきたこの日々も嘘だったとは思わない。無駄だったとも言わせない。僕と君は確かに一緒にいて、確かに一緒に生きていた。ありえたかもしれない未来を、一緒に歩んでいたんです」

ありえたかもしれない未来。

その言葉で、とうとう、私の心も解けた。自分でも驚くくらい、大きな声で泣いた。彼は強く抱きしめてくれた。

こつん、とそのまま額を当ててくれた。猫がするみたいに、頰をこすり合わせた。頰に触れる。落ち着くまで、ずっと。最後にキスをした。邪魔するものは誰もいなかった。

「景さん」

「はい」

「怖いです」

「……うん、僕も」

この先は誰も知らない。電車は私たちが乗るのを待っている。気づけばもう、周りは私たちのほかにいない。

ふと、足元を見ると、シャーペンが落ちていた。生前の私が落としたものだった。思い出せる記憶は、もうなさそうだった。

「私、実家へ行こうとしていたんです。あの日列車に乗って」

「思い出したんですね」

「はい。これから先の自分に、自信が欲しくて。ちゃんと両親と話そうと思ってたんです。絵の仕事をやっていくことを」

「そうか。でも真結さんの絵の素晴らしさは、僕がちゃんと知ってる」

ありがとうございます、と言葉が泣き声に掠（かす）れて消えた。

「景さん……」

「聞いてます」

伝えないと。

ちゃんと。

いま、できるかぎり、すべて伝えないと。

「私は、景さんに出会えてよかった。あなたと一緒に生きられてよかった。あなたを好きになって、私は自分のことも好きになれました」

手を強く握る。

あの暗闇のなかで過ごしたときのように。

「景さん、好きです。あなたのことが大好きです」

「僕も。僕も真結さんのことが、大好きです。あなたがいてくれたから、僕は自分を見失わずに済んだ。あなたをちゃんと守りたいと思ったから。過ごした日々、ぜんぶが愛おしかった」

私たちは静かに笑い合う。

そして同時に、ベンチから立ちあがる。

たとえ明日にはたどりつけなくても、私はこのひとの横にいたい。

最初に声を好きになった。見えないままから始まった、恋だった。

次に言葉づかいと、雰囲気。それから直接会えて、つくる表情が好きになった。握ってくれる手の温かさ、その大きさが愛しかった。

「一緒にいてくれますか?」私が訊いた。

「もちろん」

彼が手を引き、一歩先を行く。並ぶように続く。

そして一緒に、電車に乗り込む。発車のベルが鳴ることはなく、席に座る前に扉がしまった。

駅が遠ざかっていく。車輪の音を立てて、電車が徐々に速度をあげていく。

「真結さん」

「はい、景さん。僕もちゃんといます。大丈夫」

「ありがとう。僕もちゃんといます」

手を握り続ける。もう震えはなかった。涙もおさまっていた。電車はさらに速度をあげていく。

やがてゆっくりと、何も見えなくなった。

それは冷たい暗闇ではなく、どこまでも温かな光だった。

エピローグ

電車がゆっくりと減速し、ホームに入っていく。目的の駅につき、鈴鹿朋子と鈴鹿耕平の二人は電車を降りる。

乗っていたときに降っていた雨は、気づけば止んでいた。晴れ間は見えないものの、今日はもう降る様子はなさそうだった。一応持ってきた折りたたみ傘も、使う出番はないだろう。

改札へ続く階段を降りながら、耕平は朋子の半歩後ろであくびをしていた。眠いからではなく、緊張や不安を抱いているときによく見せる癖であることを、朋子は夫婦生活二八年のなかで知っている。

列車事故によって娘の真結の死が知らされてから一か月半ほど経って、マンションの管理会社から連絡が入った。真結の部屋の撤収作業をそろそろ進めてほしいとのことだった。電話の奥で従業員の男性が、本心から伝えにくそうに話してくれた。

「最大限の考慮はさせていただいているつもりなのですが、すみません、大家様のほうから部屋をそろそろ空けてもらいたいと要望がありまして……」

「いえ、こちらのほうこそ長い間、すみません」

娘の部屋の荷物を回収するために現地へ行くと言ったら、夫の耕平もついていくと言った。久々の夫婦二人での外出がこのような用事でなければ、道中もっと話していただろうな、と朋子は思う。他愛ない雑談でも、家で話すには真面目なトーンになりすぎる相談話でも、なんでもいい。とにかく自分が一方的に話して、夫は聞き役に徹する。いつもそう。

改札を抜けると、小さなロータリーがあらわれる。バスが数本やってきては、忙しそうに去っていく。奥に交番があって、その近くの横断歩道から向かいに渡ることができた。

アーケードの商店街を抜けていく。地図アプリで示されたルートはここを突っ切って近道をさせようとしていた。

前にこの町にきたのは、真結が引っ越した日だった。マンションの部屋を見に行ったのと、このあたりを少し一緒に散歩した。このスーパーが安いとか、ここの薬局は品ぞろえがいいとか、地元にもあったファーストフードのチェーン店がここにもあるとか、そういう話を一緒にした。あれ以来、この町にきたことはなかった。

　商店街を抜けて、裏通りを進む。すると一軒の建物が目について、朋子は思わず足を止めた。

「どうかしたか?」耕平が訊いてくる。

「ここ……」

　立ち止まったのはあるカフェの前だった。レンガ調の壁に、手入れされたまま巻きついているツタ。程よい広さのひさし。縦長の看板が立っていて、『喫茶ぺーぱー・むーん』とある。

　出入口のドアの前に張り紙があって、『閉業のお知らせ』とあった。風や雨にさらされているのか、紙の端がやぶけている。

「閉まっちゃったんだ」

「来たことがあるのか?」

「真結と一緒に入ったの。引っ越した日に、ついていったでしょ?　あの帰りにここへ」

「そうか」

「あのあと、この店が気に入ったから通ってるって、一度連絡があった。この店のことはよく話してた」

　照明は落ち切っていたが、ガラス越しにわずかに店内が見えた。テーブルの上に椅子がのせられて、完全に営業していないことがわかる。ひとの気配もなかった。ここから見えるあのテーブルで、真結と話した。一緒にケーキを食べてコーヒーを飲んだ。将来のことについて少しだけ話した。どんなことを話していたか。少し踏み込み過ぎたことを言った覚えがある。娘と衝突するのが嫌で、途中で会話をやめたのも覚えている。

　さらに一五分ほど歩き進めて、真結の住んでいたマンションにたどりつく。エントランス前で管理会社の男性社員が一人、待ってくれていた。丁寧なお辞儀をされたので、朋子と耕平も同じように返す。男性社員には事前に連絡をしていて、当日立ちあうと言ってくれていたのだった。

「ご足労いただき、すみません」

「いえ」

メッセージでも送っていたが、朋子はこのあとの流れを管理会社の男性社員に共有する。

「引っ越しのトラックが一時間後くらいに来ると思います。それまでに自分たちで部屋の整理をしておくつもりです」

「では、私はここでトラックを待っておきます」

男性社員がスーツのポケットから鍵を一つ取り出して、手渡してくる。部屋まではこないらしい。そういう規則なのか、もしくは特別に気を遣ってもらっているのかはわからない。

朋子たちは渡された鍵を使ってエントランスを抜けた。エレベーターがすぐにやってきて、乗り込む。

目的の階について降りようとすると、耕平がついてこなかった。朋子が廊下を進もうとしても、耕平はエレベーターのなかにいるままだった。耕平はうつむいていた。すすり泣く声も聞こえた。自分は泣かないと決めている。一度あふれると今日の作業ができなくなってしまうから。

「つらかったら、エントランスで待っていてもいいのよ」

「……いや、行くよ」

「本当に大丈夫？」

耕平はエレベーターを降りる。

「すまない。大丈夫だ、一緒に行く」

二人は何年かぶりに手をつないだ。廊下を進み、真結の部屋にたどりつく。玄関の鍵とドアを開けて、なかに入る。

生活感のあふれた部屋だった。ただよう空気から、娘の香りがした。日頃からきれいにしておいたほうがいいと言っておいたのに、ソファや椅子の背、ベッド横など、部屋中に服が散らばっていた。洗濯かごに入れっぱなしの服、洗ったあとに一度置かれ、食器棚にしまわれていないままの皿。

部屋を見回していて、朋子は違和感に一つ気づいた。

「変ね……埃が、ぜんぜんない」

え？　と、耕平も遅れて部屋を見回す。

一か月半放置されていれば、少しくらいは溜まっていてもよさそうなものだった。散らかっている部屋であることに変わりはないが、そのうえにまったく埃が積もっていない。シンクのなかにも洗いものは溜まっていない。まるで、つい昨日までここに娘が住んでいたみたいに――。

耕平がカーテンと窓を開けて、換気していく。八月下旬の夏にしては、今日はやけに涼しい日だった。

引き戸で閉まっている部屋がひとつあり、開けてみると、朋子はそこがどういう部屋なのかすぐにわかった。耕平も一緒に部屋をのぞく。

画材のあふれた部屋。絵の具で彩られたパレットや、床にならべられたいくつものキャンバス、立てかけられたイーゼルに、窓際のスペースを使って置かれたいくつもの筆。本棚に並ぶのは、ほとんどが美術関係の本。ページが開いたまま放置されているものもある。ここは真結にとってのアトリエだったのだろう。

きっと毎日のように、描いていたのだ。本当に絵が好きだったのだ。娘はずっとここにいた。

部屋の真ん中に、片付けられていないイーゼルが一つ設置されていた。布のかかったキャンバスが立てかけられている。何か制作の途中だった絵があったのだろうか。

思わず近寄り、朋子はキャンバスにかかった布を外した。描かれたものを見て、朋子の手から布が落ちた。

そこにあったのは、一枚の肖像画だった。描かれていたのは朋子と耕平だった。

二人はリビングで昔からつかっている椅子に腰かけている。背景は居間だろうか。

朋子はその場から動けなくなる。

「何か落ちたぞ」

耕平が布の下から拾い上げる。

それは一枚の便せんだった。耕平とともに、たたまれた便せんを開く。そこには短い文章でこう書かれていた。

《お母さんとお父さんに認めてもらえたら、
昨日より少し、自信をもって生きられそうです。》

これを贈ろうとしてくれていたのだろうか。伝えようと、真結は描いてくれていたのか。

娘からのメッセージを抱いて、朋子はとうとう崩れ落ちる。それから声をあげて泣いた。泣き続けた。耕平がしゃがんで肩を抱いてくれた。

寒さに耐えるように、二人は身を寄せ合う。ごめんね、とどちらかが言った。

ごめんね、ごめんね。

キャンバスに描かれた朋子と耕平は、何かを許すように、穏やかな笑みを浮かべていた。

本書は書き下ろしです。また、登場する人物、団体名等はすべて架空のものです。

双葉文庫

は-43-02

見(み)えないままの、恋(こい)。

2024年11月16日　第1刷発行

【著者】
伴田音(はんだおと)
©Oto Handa 2024
【発行者】
箕浦克史
【発行所】
株式会社双葉社
〒162-8540 東京都新宿区東五軒町3番28号
［電話］03-5261-4818(営業部)　03-5261-4831(編集部)
www.futabasha.co.jp（双葉社の書籍・コミックが買えます）
【印刷所】
大日本印刷株式会社
【製本所】
大日本印刷株式会社
【カバー印刷】
株式会社久栄社
【DTP】
株式会社ビーワークス
【フォーマット・デザイン】
日下潤一

ISBN978-4-575-52809-1 C0193
Printed in Japan